KURT TUCHOLSKY

大城市里的眼睛

〔德〕库尔特·图霍尔斯基　　　　　　　　　　著

蔡鸿君　　　　　　　　　　　　　　　　　译

人民文学出版社
PEOPLE'S LITERATURE PUBLISHING HOUSE

图书在版编目（CIP）数据

大城市里的眼睛 /（德）库尔特·图霍尔斯基著；蔡鸿君译.
— 北京：人民文学出版社，2023
（巴别塔诗典）
ISBN 978-7-02-018222-0

Ⅰ.①大… Ⅱ.①库…②蔡… Ⅲ.①诗集－德国－现代
Ⅳ.① I516.25

中国国家版本馆 CIP 数据核字 (2023) 第 176369 号

责任编辑　卜艳冰　何炜宏　郭良忠
装帧设计　李苗苗

出版发行　人民文学出版社
社　　址　北京市朝内大街 166 号
邮政编码　100705

印　　制　凸版艺彩（东莞）印刷有限公司
经　　销　全国新华书店等

字　　数　180 千字
开　　本　889 毫米 ×1194 毫米　1/32
印　　张　11
插　　页　5
版　　次　2023 年 11 月北京第 1 版
印　　次　2023 年 11 月第 1 次印刷

书　　号　978-7-02-018222-0
定　　价　98.00 元

如有印装质量问题，请与本社图书销售中心调换。电话：01065233595

目录

诗歌

图霍尔斯基的生平与创作（译者序）

库尔特·图霍尔斯基（Kurt Tucholsky）是二十世纪上半叶德国最著名的作家和政论家之一，他的文学创作主要是文艺短评、杂文、小品、诗歌、散文、随笔，他以幽默辛辣的笔触嘲讽德国的小市民习气，抨击沙文主义、军国主义、官僚政治和魏玛共和国时期（1918—1933）的司法机构，对进步势力则给予鼓励、赞扬、歌颂，赢得了"铁嘴金心"的美名，被誉为"二十世纪的海涅"。

一

图霍尔斯基于 1890 年 1 月 9 日出生在柏林一个犹太富商的家庭，父亲是当地商界的知名人士，曾经担任柏林商会的会长，他的艺术修养和幽默对儿子产生了很大的影响。作为这个家庭的长子，图霍尔斯基在优裕的生活环境中度过了他的童年。他曾经就读于著名的柏林国立文理中学，受到良好的教育。1905年，图霍尔斯基的父亲因病去世，年仅五十岁。尽管抚育三个孩子的重任从此落在了图霍尔斯基母亲的身上，但是依靠父亲留下的遗产，他们一家在经济上并没有遇到太多的困难。

1909年，图霍尔斯基进入柏林大学攻读法律，以后又辗转日内瓦和耶拿等地。1915年初，他以题为《民法第1179款中的临时性土地登记及其作用》的论文，被耶拿大学授予法学博士。第一次世界大战的爆发将欧洲许多国家卷入了战火和灾难。1915年，图霍尔斯基这个新科法学博士也被征召入伍，编入东部前线的后勤部队。因为他的写作才能，不久被提拔为连队文书。1916年8月，图霍尔斯基所在的部队移防奥采，修建一所飞行员学校。在这里，图霍尔斯基创办了一份名为《飞行员》的士兵杂志，同时负责管理所在部队的图书馆和印刷所。战争结束前夕，他被调到布加勒斯特警察总局任职。战后，应《柏林日报》发行人的邀请，图霍尔斯基开始负责编辑《恶作剧》副刊。两年之后，因不同意《柏林日报》的政治方向而辞职。1923年，由于经济原因，图霍尔斯基不得不靠在柏林的一家银行当秘书维持生活。这段短暂的银行职员的经历，为他日后笔下的人物温德林纳积累了第一手的素材。

1924 年，图霍尔斯基作为《世界论坛》和《弗斯日报》的特派记者常驻法国巴黎。1926 年 12 月 3 日，在《世界论坛》的主编西格弗里德·雅各布松（Siegfried Jacobsohn）因病去世之后，他回到柏林继任该刊主编。但是，图霍尔斯基并不喜欢编辑部的工作，而更愿意自由自在地写作。因此，半年之后，他把主编的职务让给了同事卡尔·封·奥辛斯基（Carl von Ossietzky），自己又返回了巴黎。1929 年，图霍尔斯基移居瑞典，在斯德哥尔摩逗留了数月之后定居哥德堡附近的辛达斯。

1933 年，希特勒上台以后，纳粹分子查封了《世界论坛》这份一直视为眼中钉的杂志，主编奥辛斯基被投入集中营，图霍尔斯基的作品也遭到焚烧和禁止。8 月 23 日，纳粹政府公开登报褫夺了图霍尔斯基、亨利希·曼、福希特万格、托勒尔等三十二位进步作家的德国国籍。1934 年 3 月，图霍尔斯基为了能继续方便地在欧洲旅行领取了瑞典的外国人护照。1934 年底至 1935 年上半年，他先后接受了五次鼻腔手术。1935 年 12 月 21 日，图霍尔斯基服用了过量的安眠药自杀，被人发现时已经昏迷不醒，当天夜里在哥德堡的一家医院里去世。1936 年的夏天，图霍尔斯基的友人将他的骨灰安葬在格里普斯霍尔姆城堡的所在地——玛丽弗雷德。

二

图霍尔斯基早在青年时代就显露出写作才能，十七岁时，他在《柏林日报》的幽默讽刺周刊《恶作剧》上发表了第一篇文章。这篇题为《童话》的短文不足三百字，却精炼地概括了当时欧洲画坛的主要流派，借皇帝宝库里的一支笛子，讽刺了对艺术和治国均是门外汉的德国皇帝威廉二世。在大学读书期间，图霍尔斯基就开始为《前进》《剧场》《西普里齐希姆斯》等报刊撰稿。1911 年 9 月，他和后来成为画家的同学库尔特·斯查弗兰斯基（Kurt Szafanski）徒步前往布拉格，拜访了作家马克斯·布洛德（Max Brod）。经布洛德推荐，图霍尔斯基开始在《布拉格日报》上发表文章。通过布洛德的介绍，图霍尔斯基和斯查弗兰斯基还结识了作家弗朗茨·卡夫卡。卡夫卡在 9 月30 日的日记里写下了他对图霍尔斯基的印象：图霍尔斯基虽然只有二十一岁，但并不显得那么年轻，是一个"完全统一的人"，他"轻视个人的写作"，"担心自己会变得悲天悯人"，对法律这门谋生的学业甚为重视，希望今后成为辩护律师。

1912 年，图霍尔斯基的第一部小说《莱茵斯贝格——恋人的画册》(*Rheinsberg-ein Bilderbuch für Verliebte*)在遭到多家出版社的拒绝之后，被出版商阿克塞尔·容克尔以一百二十五马克的价格买断了出版权。这本薄薄的小书出版发行之后，不仅赢得了评论界的交口称赞，而且获得了读者的广泛欢迎，一版再版，经年不衰，为出版商带来了丰厚的收益。作者虽然失去了分享经济利益的权利，但也因此书一举成名。这部小说的故事情节非常简单：医学院女学生克莱尔和男朋友沃尔夫冈厌倦柏林单调无聊的日常生活，向往郊外的"一些充满阳光的日子"。他们来到小城莱茵斯贝格，假称"甘贝塔夫妇"住进旅馆。泛舟湖上，结交新友，参观腓特烈大帝的古堡，欣赏美丽如画的自然风光。在这里度过了无忧无虑的三天之后，两人又重新返回了柏林。作者以轻松抒情的笔调，歌颂了自由恋爱，赞美了人性，描绘了绚烂多彩的秋景，将"一部印象派绘画式的小说"呈现在读者的面前。1920 年，当《莱茵斯贝格——恋人的画册》发行五万册时，作家感慨地在新版前言中写道：这部小说里反映的是"一个更加美好的时代和我的全部青春"。的确如此，因为这部小说里的情节本身就是根据作者本人和他当时的女友、柏林大学医学院女学生艾尔瑟·魏尔（Else Weil）的亲身经历写成的，书中克莱尔这个人物形象也正是依据艾尔瑟·魏尔这个原型塑造的。艾尔瑟·魏尔1917年获得医学博士，之后在柏林开业行医，1920年成为图霍尔斯基的第一位妻子。

《莱茵斯贝格——恋人的画册》一书由图霍尔斯基的同窗好友斯查弗兰斯基画插图，他当时是柏林艺术学院的学生。两人在这次合作之后，在柏林最热闹的选帝侯大街合开了一个"图书酒吧"，专卖便宜的书籍。他们还专门准备了一本贵宾留言簿，供作家和名人签名留言。每一位买书的顾客可以免费得到一杯烧酒。"图书酒吧"当时曾引起不小的轰动，但是未等新闻界褒贬不一的争论结束，它又悄然关门大吉，至于个中原委，图霍尔斯基自嘲地解释："好的玩笑总是短命的。"

1912年，图霍尔斯基因为投稿而结识了《剧场》周刊的主编西格弗里德·雅各布松。作为当时德国著名的剧评家之一，雅各布松在1905年9月7日创办了《剧场》周刊，1918年4月4日易名为《世界论坛》。他非常赏识图霍尔斯基，欣然邀请这个年轻的大学生到编辑部恳谈，向他约稿并让他参与编辑部的工作。雅各布松和图霍尔斯基虽然相差九岁，但是两人之间建立了一种师生和父子式的关系。图霍尔斯基发表在《剧场》和《世界论坛》上的文章，尤其是在他常驻巴黎期间，无论长短，几乎都是他们俩切磋讨论的成果。在雅各布松父亲般严厉而又亲切的指导下，图霍尔斯基由一个法律大学生逐渐成为一个多才多艺的作家。1913 年 1 月 9 日是图霍尔斯基的二十三岁生日，他得到了一份最好的生日礼物：这一天出版的《剧场》周刊上刊登了他的文章《H 氏兄弟》(*Die Brüder H.*)。从此，图霍尔斯基成为《剧场》周刊最重要的撰稿人之一，仅这一年他就在该刊上发表了七十四篇文章，1914 年多达一百十三篇，其中大部分是戏剧评论。即使在前线服役期间，他也没有间断给《剧场》周刊写稿。1916 年和 1917 年分别写了十二篇和十一篇。战后，图霍尔斯基作为《世界论坛》的主笔之一，更是勤于笔耕，两年里在该刊发表了二百三十余篇作品。

图霍尔斯基最初是以记者、书评、剧评家和政论作家的身份出现在读者面前的。除了大量剧评和书评之外，他早期的作品主要是抨击社会现实，反对新闻检查制度，反对死刑，呼吁社会平等，讽刺德国皇帝威廉二世。第一次世界大战爆发之后，图霍尔斯基作为一个和平主义者和社会主义的拥护者从前线归来，他对战争、军队、政府、国家进行了深刻的反思，于1919年初写下了以《军队》(*Militaria*)为总标题的系列文章，分六辑先后发表在《世界论坛》上，文章的核心是反战："我们并不反对个别的军官。我们反对的是他的理想和他的世界。我们请求所有志同道合的人一起去摧毁这个世界，只有这样我们才能得到一个新的更纯净的世界。"1919年10月，他和卡尔·封·奥辛斯基等人发起成立了"战争参加者和平同盟"，并且策划了持续数年的反战群众示威游行，1921年又创办了《永远不要战争》杂志。战后初期，德国政局动荡，右翼势力猖獗，李卜克内西、罗莎·卢森堡等左派政治家遭到谋杀。图霍尔斯基作为左翼进步阵营的一员，撰文谴责右翼势力的卑鄙行径。著名的散文《朦胧》(*Dämmerung*，1920)反映了他在政治上的敏锐和对德国政局的担忧。1923年以后，他的创作逐渐从政论转向随笔、漫谈和杂感等文艺性的散文。图霍尔斯基的散文短小精悍，上下古今，纵意而谈，由小及大，涉笔成趣，既把思想的根须深深插入历史的土壤之中，又具有现实的针对性。许多作品即使在一个世纪后的今天读起来仍然使人感到尖锐深刻。在所有写杂文、小品、散文、随笔这类短小体裁的德语作家中，图霍尔斯基无疑是名气最大、作品印数最高的，他的德文版著作发行了数千万册，并且被译成多种外文。图霍尔斯基的作品一直是德国中学生教材里的必读书。

　　图霍尔斯基在他近三十年的写作生涯中留下了约三千篇各类作品，它们以不同的署名发表在当时的报刊上。他生前曾将部分作品结集出版，重要的集子有《用五个笔名》(*Mit 5 PS*，1927)，《蒙娜·丽莎的微笑》(*Das Lächeln der Mona Lisa*，1928)，《别哭，要学着笑》(*Lerne lachen ohne zu weinen*，1931) 等。在《用五个笔名》这本集子的前言《起跑》中，作者介绍了他的几个笔名的产生过程。实际上是一个真名和四个笔名，即库尔特·图霍尔斯基，再加上伊格纳兹·吴罗贝尔、彼得·庞特尔、特奥巴德·蒂格尔、卡斯帕尔·豪泽尔。"这些笔名产生于黑暗之中，是为了闹着玩儿而想出来的——就在那时，我最初的几篇文章发表在《世界论坛》上。一份小小的周刊不可能在一期上面刊登同一个人的四篇文章，因此就出现了这几个人造"人"，完全是闹着玩的。它们看见自己被印成了铅字，起初还东倒西歪，后来逐步坐稳了位置，彼此相对稳定，完全稳定，各有独特之处——于是，它们开始了各自的生活。……能够存在五次，这也是有益的，因为，在德国，谁会相信一个政治作家的幽默？谁会相信讽刺作家的严肃？谁会相信输光的赌徒懂得刑法？谁又会相信城市的描绘者能写出诙谐的诗句？"这几个笔名有明确的分工：彼得·庞特尔主要用于书评和剧评；特奥巴德·蒂格尔是诗歌的作者；伊格纳兹·吴罗贝尔则是一个政论作家，他的矛头刺向国家、军队、司法机构和当权者；卡斯帕尔·豪泽尔主要撰写短小的故事、随笔、漫谈和杂感。这五个名字就像"一只手上的五个指头"，在作家的调度下各司其职，发挥不同的作用。它们有着共同的爱和共同的恨，分头前进，去攻打同一座堡垒。

1929 年，图霍尔斯基和摄影师约恩·黑尔特费德（John Heartfield）合作出版了图片散文诗歌集《德国，德国高于一切》(*Deutschland, Deutschland über alles*)。这部作品当时曾引起极大的轰动，第一版印刷的两万册很快告罄，被称为是魏玛共和国的一本纪实相簿。图霍尔斯基的政敌断章取义地引用其中文字对他进行攻击，指责他是卖国贼。《家乡》是这本集子的结束篇，被称为是图霍尔斯基"思想的表白"，他既赞美德国——他的祖国，袒露了对自己家乡的热爱，同时也对被大资产阶级把持政权和军国主义分子猖獗的德国深恶痛绝，对法西斯主义统治德国表示担忧。移居瑞典之后，图霍尔斯基写了长篇小说《格里普斯霍尔姆城堡——一个夏天的故事》（*Schloß Gripsholm，eine Sommergeschichte*，1931）。小说以第一人称叙述了主人公与情人丽迪娅赴瑞典小城玛丽弗雷德度假的经历。这部小说深受读者喜爱，发行数百万，译成多种外文。由于小说的广泛流传，格里普斯霍尔姆城堡成为德国人心目中瑞典最美丽的城堡。1932年，图霍尔斯基和瓦尔特·哈森克勒威（Walter Hasenclever）合著了喜剧《哥伦布或美洲的发现》（*Christoph Kolumbus oder die Entdeckung Amerikas*），同年9月24日在莱比锡话剧院首演。

图霍尔斯基在他生命的最后几年里保持沉默，拒绝出版社和报刊的约稿，留下来的只有书信和日记。1932年8月，在赴瑞士洛伽诺的一次旅行中，他结识了苏黎世的内科女医生海德维希·米勒（Hedwig Müller）博士。这位被图霍尔斯基称作"努娜"（Nuuna）的女人，热情、风趣、慷慨，富有同情心，擅长弹钢琴，爱好体育运动和艺术，她不仅在物质上给予图霍尔斯基很大的帮助，而且在很大程度上成为他的精神寄托。从相识到图霍尔斯基去世的三年里，两人频繁通信，少则三天一封，多时一天两封。数十年以后出版的《沉默中的书信（1932—1935）——图霍尔斯基致努娜》和《废话日记（1934—1935）——
图霍尔斯基日记选》就是两人交往的记录。图霍尔斯
基晚年被疾病缠绕，在 1934 年 12 月至 1935 年 5 月
这半年里，就因副鼻窦化脓先后做了五次手术，但是
病情并没有明显好转。头疼、失眠、恶心、昏昏沉
沉、没有味觉和嗅觉，这些症状始终困扰着图霍尔
斯基。

　　疾病折磨着图霍尔斯基的身体，但更使他痛苦的
则是精神上的困扰。纳粹主义在德国日益猖獗，越来
越多的进步人士受到迫害；国籍被纳粹政权无理剥
夺，他被迫申请了瑞典的外国人护照，并且不得不隔
几个月就要去办理一次护照延长申请；远离故土，漂
泊他乡，失去了亲人和朋友；他失去了多年来发表
文字的园地，基本停止了写作，称自己是"一个停
止写作的作家"。人们在整理图霍尔斯基的遗物时发
现，他在草稿本的最后一页画了一个由下而上的阶
梯："说话，写作，沉默"。对于图霍尔斯基究竟为什
么要结束自己的生命，虽然没有一个确定的答案，但
是肉体上的痛苦、精神上的折磨、对政治的厌倦和现
实的绝望肯定是最重要的原因。作家自杀前的心态，
可以从他写给亲友的信里窥见一二：他在 1934 年 12
月 15 日致瓦尔特·哈森克勒威的信中写道："我们

为之工作、并且是其中一员的这个世界已经不再存在……就我这方面来讲已经没有任何想要说什么的欲望。为哪一些听众啊！不能为自己鄙视的拼画地板写作。"1935年11月29日，他又给瓦尔特·哈森克勒威写信："您问我为什么沉默？……如果您也在这里，就不会这么问了，并且会在这方面对我表示非常满意。我已经好几年没有看德国报纸。这不是比喻，而是真话。……为什么不写东西？……我感到疲倦和有病。"他在1935年12月5日给流亡美国的弟弟弗里茨·图霍尔斯基（Fritz Tucholsky）的信中写道："如果我可以给你提一个建议，不是作为大哥，而是作为一个有政治头脑的人，这就是：绝对不要过问那里的任何政治！……为德国而战斗，这不是你的任务。否则你会虚度一生，就像我这样。"

图霍尔斯基去世后，流亡巴黎的德国作家保护联合会举行了悼念活动，参加者中有著名作家艾贡·基施（Egon Kisch）、鲁道夫·勒恩哈德（Rudolf Leonhard）、古斯塔夫·雷格勒（Gustav Regler）等。德国作家阿诺德·茨威格（Arnold Zweig）称图霍尔斯基是"勇敢的战友，吸引人的作家，魏玛共和国最优秀的歌谣诗人"。苏联作家阿·托尔斯泰（Alexej Tolstoi）说："他是二十世纪的海涅！而且不仅仅是海涅，他同时还是二十世纪的伏尔泰、狄德罗和利希滕贝格"。

三

图霍尔斯基很早就开始写诗，并且得到《剧场》周刊主编西格弗里德·雅各布松的赞赏和鼓励。从1911年起，他的诗歌陆续在《前进》《剧场》《柏林日报》《恶作剧》《柏林画报》等刊物上发表，甚至在军队服役期间，他也没有间断给《剧场》供稿。他的第一本诗集《虔诚的歌》（1919）汇集了近八十首早期作品。图霍尔斯基一生总共写了八百多首诗歌，有政治诗、幽默讽刺诗、歌谣、爱情诗等，绝大部分都发表在当时的报刊上，除了《虔诚的歌》之外，他生前没有再出版过独立的诗集，而是出版了几本散文和诗歌合在一起的文集：《用五个笔名》（1927）、《蒙娜·丽莎的微笑》（1928）、《德国，德国高于一切》（1929）、《别哭，要学着笑》（1931）。直到1983年，图霍尔斯基的夫人玛丽·格罗德-图霍尔斯基经过多方查找资料，出版了《图霍尔斯基诗选》，终于向读者呈现了诗人图霍尔斯基的全貌。

二十世纪二十年代初期，德国美术界和建筑界开始抛弃表现主义和达达主义的理想主义追求，转向客观地反映现实生活。这一风格被称为新写实主义（Neue Sachlichkeit）。在诗歌创作上，贝托尔特·布莱希特（Bertolt Brecht）、埃里希·凯斯特纳（Erich Kästner）和图霍尔斯基是当时最重要的代表性诗人。他们在这一时期的诗歌往往都有确定的目的，经常反映的都是当时的一些社会问题，政治性很强，形式简单，语言通俗易懂，容易为大众所理解，并且产生影响。因此被称为实用诗（Gebrauchslyrik）。图霍尔斯基在 1928 年写了一篇名为《实用诗》的散文，他写道："任何时代都有一种诗歌，问其艺术价值，是不合时宜的提问：我想称这种诗歌为'实用诗'。只是显然在这里一个概念会取消另外一个概念。为了对大众施加影响，出于政治、伦理或者宗教的目的，都会利用艺术的形式，艺术具有的那些并非日常的表现形式非常适合。效果应该要立竿见影，应该直截了当，不要拐弯抹角——这种要求自然不适合艺术，也没有经过任何提炼升华，而是在文学的面具下直接地呈现出来。这一类的东西与'倾向艺术'毫无关系，这种'倾向艺术'恰恰是实用诗的对立物：一首带有倾向性的诗歌就是一首诗歌；实用诗则是有韵律的或者有节奏的党派宣言。"

他的政治诗就像投枪和匕首，直接反映德国社会现实，坚决反对战争，大声呼吁和平，猛烈抨击军国主义。《战后的祈祷》让一对"不愿永远沉默"的死魂灵向上帝祈祷，向上帝询问他们为何被以主的名义送进坟墓、变成腐朽尸骨，希望上帝声明战地牧师是在骗人，保佑不再发生战争。《战壕》则直接指明"奏起死亡舞曲"，把年轻人"送进战壕的是贵族、政客和工厂主"，呼吁德国的士兵"扔掉旗帜"，越过战壕，向"法国的同志"和"英国的工人"伸出"友好的手"。《向战争宣战》直接呼吁从前线回来的兄弟们："团结一致！""向战争宣战！"《资产阶级的慈善》揭露了资本家的伪善与贪婪，启迪无产阶级"千万不要上当受骗"，要为自己"所属的阶级"去战斗。

图霍尔斯基写了很多幽默讽刺诗，作品大多带有很强的讽喻色彩和批判现实主义精神。《农作物》把德国的政坛比作一个长满各种蔬菜的花园，而向右翼势力妥协的社会民主党则是外红内白的洋花萝卜。《最坏的敌人》揭露了混在工人队伍里的工贼。《致一个官僚》批评"从前我们彼此一样"的同志，如今脱离群众，高高在上，直接向他们发出呵斥："同志，你难道不害臊吗？"《囚犯》抨击了德国监狱对被囚禁者的不人道的待遇。在《教堂与摩天大厦》里，诗人借

"教堂的塔楼"与"银行的摩天大厦"高度之间的对比，揭示宗教早已失去优势，"掌控这个世界"的是金钱。《食客》讽刺那些巴结富人、混迹上流社会的人，斥之为"富人豢养的猴子"。

图霍尔斯基的诗歌也充分体现了这位时代喉舌的政治敏感。第一次世界大战后期，全球爆发 H1N1-A 型流感疫潮，由一种被称为"西班牙型流行性感冒"引起的传染病，造成全世界五亿人感染，五千万到一亿人死亡，但是原因始终不明。除了造成大量死亡之外，也直接导致"一战"的结束和欧洲各国政坛动荡。他在《西班牙的病？》一诗中，不仅提出异议，而且看到疫情对德国政坛的影响："这不是流感，不是寒战，不是肺病……这是一场德国的政治危机。"二十世纪三十年代初期，德国纳粹主义势力在德国政坛日渐坐大，图霍尔斯基在 1930 年写的《第三帝国》中，就已经预料到纳粹主义威胁和平、渴望战争的前景。《戈培尔》这首诗直接讽刺纳粹主义的头号宣传家戈培尔，这个人到处大言不惭地扮演英雄，实际上只是"一个大路货"。纳粹政权上台后，图霍尔斯基的书也被戈培尔列入第一批焚烧的作家书单。

图霍尔斯基的诗歌大多文字简单，通俗易懂，而且直接反映了普通人的日常生活和人际关系，《朋友之妻》《无衣可穿》《夫妻争吵》《窗边情侣》《另一个男人》这些诗歌让人感到浓烈的生活气息。他的诗歌节奏感很强，经常采用叠句、副歌，多个诗节重复循环，通常采用一、三行和二、四行交替韵或者每相隔两行押韵，也有很多是不押韵的长短句。很多作品非常适合演唱，有些本身就是应一些歌舞剧院之约而作，流传很广，至今仍在德国广为传唱。香颂（Chanson）是一种源于中世纪法国的世俗歌谣，图霍尔斯基从小在法语学校读书，后来又长期居住在巴黎，他创作了很多香颂，为这种法国流行诗歌引入德国做出了重要贡献。

图霍尔斯基一生主要生活在柏林和巴黎等地，因此他写了很多反映大城市生活的诗歌，他"潜入陌生的城市，游走在陌生的街道；听见陌生人在喊叫，用陌生的杯子喝酒"（《空气的变化》）。在《大城市里的眼睛》里，诗人通过"一双陌生的眼睛，一道短促的目光"，表现了大城市的紧张生活和人际关系，流露出对"眼睛向你示意，心灵发出共鸣"的向往。《蒙森公园》是图霍尔斯基最优美的抒情诗之一，当年图霍尔斯基初到巴黎，面对蒙森公园美丽的景色，呼吸着自由、清新的空气，任凭思想驰骋，欣然写下了这首诗。

图霍尔斯基写了咏唱四季的诗歌，尤其是咏叹春天为多，他赞美春天："清新而大胆/在喧闹中萌发出/新绿"（《春天》）。与女友出游写下的《高山里的春天》直接抒发对爱的向往，期盼春天能够让金发女郎——"冰的化身"融化，"变成泉水流向山谷……"。他的很多爱情诗都是写给玛丽·格罗德的。《在餐馆里等待》似乎就是他自己与玛丽约会的记录："等待，为什么会如此美好？/她进来了/正是你翘首以待的人。"《为了玛丽》则表露了强烈的相思之苦："如此遥远，我不愿意永远待在如此遥远的地方。/信纸有何用！/在最后一次战地书信之后/我就会来到你的身边。"在《小岛》里，诗人终于"跨进爱的乐园"，感叹"在这个小岛上，你给予了/短暂的幸福时光"。"你献出了自己——你瞧，然后两个就变成了：我们俩——没有人再是一个人。"（《献给玛丽》）"在你的梦舟上滑行是多么幸福……二人世界也是无人境界……我来自人间。我再也不愿回到人间……清晨，在最后一丝睡梦中，/我可以与你相伴。"（《她睡着》）"在这些日子里/我每一天都可能很幸福"（《献给他的梅丽》）。然而，图霍尔斯基对爱情并不专一，就像他在《转变》一诗中所写的那样："一切都是因为一句话：你并不是第一个。"他的多次移情别恋，导致他和玛丽的婚姻破裂，并在 1928 年底彻底分手。图霍尔斯基在《结束》（1930）这首诗中这样阐释两人分手的缘由："有一天两个人不得不分手，/ 有一天一个人不再理解另一个人，/ 有一天每条道路都出现了岔道，每个人都走上了自己的道路，/ 这是谁之过？// 这并非谁之过，只是时间已到。/ 这样的道路无限制地交叉。/ 每个人带着别的人同行……/ 但总有什么会留下。"至于留下的是什么，在他后来的诗作里显而易见：他在"献给 M.G."（M.G. 是玛丽·格罗德的缩写）的《一个问题，没有答案》这首诗里写道："为什么我总感觉到：你……/ 是啊，为了什么？/ 为了什么？/ 为了什么？"《戒指》这首诗更是对昔日的爱情表露无遗："有魔力的戒指，我日日夜夜都把你戴在手上，/ 我们一起细听每一声徐缓悠长的钟声。/ 我曾经阅读、经历、看到和忍受的一切，/ 你现在也一起阅读、经历、见证。……但是，我曾经把你退回去过一次。/ 然后呢？一次婚姻？一次金色的幸福？/ 我从未失去过你。/ 你的红色发光更深，你的金色愈加闪亮。"

四

图霍尔斯基的作品散落在几十年间的报刊上，之所以能够流传至今，人们必须感谢这个女人——玛丽·格罗德-图霍尔斯基（1898—1987），感谢她的努力、她的挚爱、她的勇气、她的耐心。

玛丽和图霍尔斯基相识于1917年的秋天，当时，图霍尔斯基是奥采飞行员学校图书馆和印刷所的管理员，玛丽在驻军炮兵司令部当秘书。两人情投意合，交往密切。图霍尔斯基给玛丽写了很多信，里面充满了激情和对未来的向往。1918年4月，图霍尔斯基被调往罗马尼亚任职，他俩继续保持通信往来。但是，当他们于1920年1月又在柏林重逢时，两年前的那种激情和亲昵已经不复存在，取而代之的是陌生感。图霍尔斯基在给玛丽的信里写道："我们两人之间有什么地方不对头……你隐藏自己，你的举止也不再像从前那样……我们之间已经不再存在任何联系。"玛丽在多年之后回忆说："一切已经不再像当初在奥采那样了，机器运转不灵了。"当时，他们俩很快就分了手，但是并没有完全断绝往来。5月，图霍尔斯基和大学时代的女友艾尔瑟·魏尔结了婚。这桩婚姻没有持续多久便发生危机，1923年6月图霍尔斯基正式与妻子分居。这年的春天，图霍尔斯基将他的"蓝色日记"寄给了玛丽，他在日记中试图对1920年的分手给以解释，并且直言不讳地承认对玛丽的爱情。于是，两人重归于好。图霍尔斯基在与艾尔瑟·魏尔办完离婚手续之后，和玛丽于1924年8月24日在柏林缔结姻缘，然后迁居巴黎。1925年夏，图霍尔斯基夫妇同游比利牛斯山，作家陆续写了一些游记，1927年结集出版，书名为《比利牛斯山之行》(*Ein Pyrenäenbuch*)。1926年12月，图霍尔斯基回到柏林继任《世界论坛》的主编，翌年1月，他认识了丽莎·马蒂亚斯（Lisa Matthias）。在以后的四年里，这个女人是图霍尔斯基的生活伴侣，并且成为作家笔下的"小洛特"和长篇小说《格里普斯霍尔姆城堡——一个夏天的故事》中的丽迪娅这两个人物形象的原型。丽莎·马蒂亚斯的出现使玛丽和图霍尔斯基之间产生裂痕。1928年11月28日，玛丽离开巴黎返回柏林，为了给图霍尔斯基"自由"，此后直到图霍尔斯基1935年去世，两人再也没有见过面。他们的分手是平静的，此后两人仍然一直保持书信往来，但是玛丽拒绝图霍尔斯基的资助，以当秘书维持生活。1933年纳粹上台后，图霍尔斯基似乎预感到将要发生的事情。为了保护生活在柏林的玛丽，他委托律师办理离婚手续。1933年8月21日，图霍尔斯基和玛丽的婚姻从法律上正式解除。两天之后，图霍尔斯基被纳粹政府宣布为德国的敌人，并被剥夺了德国国籍。图霍尔斯基在晚年对玛丽深感负疚，1935年11

月 7 日他在草稿本上写下了一段文字："我一生只爱过一个女人，我永远不会原谅自己，我曾经带给她多少痛苦。"1935 年 11 月 30 日，图霍尔斯基最后一次修改遗嘱，将玛丽作为他唯一的继承人。1935 年 12 月 19 日，他在服药自杀前给玛丽留下遗书，他写道："亲爱的玛丽：想与**他** ① 握手告别，请**他**原谅曾经给**他**带来的痛苦。手里握着一块金砖，同时又向金钱弯腰，不理解，做蠢事，虽然没有背叛，但也撒过谎，不理解啊……有几次，我感觉到了**他**，就像男人感觉到女人那样，我让**他**走了——现在，一切都已经过去，我知道，我得承担全部责任……假如爱情就是这种使人彻底改变、让任何人都会精神失常的东西，那么在这儿就可以感觉到它。但是，如果必须获得真正的持久的爱情，要想永远永远拥有它……一生中只爱过一次，那就是**他**。我们之间就像隔着一层易碎的玻璃，我是负有责任的……生活越来越平静，现在就像浪拍海滩，船已搁浅，再也不愿航行。只想请求**他**原谅……"

由于纳粹政权的查禁和发动的战争，图霍尔斯基的遗物直到战后才辗转移交给玛丽。1945 年，她在罗塔赫-埃格恩（Rottach-Egern）自己的家里创建了图

---

① 图霍尔斯基和玛丽在书信中总是用大写的"他"称呼对方。

霍尔斯基资料馆，开始了长达几十年的搜集、整理、出版图霍尔斯基的作品和有关资料的工作。她以坚韧不拔的毅力搜集了大量有关图霍尔斯基的各种资料，包括手稿、书信、日记、图片、照片、唱片、录音带、印刷品、各种版本的作品以及评论文章等，把她的家变成了名副其实的图霍尔斯基研究中心。她一生拒绝任何采访和拍照，从未发表过任何回忆图霍尔斯基的文章，也从不对任何人谈论她与图霍尔斯基的生活，她把自己的情感倾注于常年不懈的工作，把对故人的记忆埋藏在内心深处。三十多年里，她整理出版了大量图霍尔斯基的选集，其中有《怎么样呢？——图霍尔斯基文选》(1950)、《昨天和今天之间——图霍尔斯基诗文集》(1952)、《况且……图霍尔斯基选集》(1953)、《庞特尔、蒂格尔和公司——图霍尔斯基诗文集》(1954)、《图霍尔斯基的爱与恨——散文、诗歌、书信集》(1957)、《图霍尔斯基书信集（ 1913—1935 ）》(1962)，《沉默中的书信（ 1932—1935 ）——图霍尔斯基致努娜》(1977)、《废话日记（ 1934—1935 ）——图霍尔斯基日记选》(1978)、《图霍尔斯基选集》(三卷本，1961)、《图霍尔斯基选集》(十卷本，1975)、《图霍尔斯基诗选》(1983)、《德意志的速度——图霍尔斯基选集增补卷一》(1985) 等。

图霍尔斯基当年立下遗嘱时肯定不会想到，他的这一决定对他的作品的传播产生如此巨大的影响。玛丽·格罗德-图霍尔斯基的功绩足以与著名作曲家舒曼的妻子克拉拉（Clara Schumann）和著名作曲家瓦格纳的妻子克西玛（Cosima Wagner）相媲美。图霍尔斯基的作品在纳粹政权垮台之后重新受到读者的喜爱。不仅他生前出版的几种集子不断重印，而且多种新的选本也相继问世，选编者中还有埃里希·凯斯特纳、赫尔曼·克斯滕等德国著名作家。1978年，年逾古稀的图霍尔斯基夫人把图霍尔斯基资料馆的大部分资料赠送给了位于马尔堡的德国文学馆。

弗里茨·F·拉达茨（Fritz F. Raddatz, 1931—2015）是除了玛丽·格罗德-图霍尔斯基之外，对图霍尔斯基著作出版做出最大贡献的人。拉达茨生于富贵人家，年幼失去父母，1953年毕业于民主德国柏林洪堡大学，专业是日耳曼文学、历史、戏剧，然后进入人民与世界出版社，先后担任过外联部主任和副总编。1953年春，他来到位于联邦德国汉堡的罗沃尔特出版社，洽谈在民主德国出版图霍尔斯基作品。在与出版社负责人海因里希·玛利亚·雷迪西-罗沃尔特见面之后，他专程去罗塔赫·埃格恩拜见了玛丽·格罗德-图霍尔斯基。此后，他们合作选编了大量图霍尔斯基文选，1960 年出版了精装三卷本的《图霍尔斯基选集》，1975 年出版了简装十卷本的《图霍尔斯基选集》，1985 年和 1989 年相继出版了两本增补卷：《德意志的速度——图霍尔斯基选集增补卷一》和《违反意志的共和国——图霍尔斯基选集增补卷二》，收入了新发现并经考证确定系出自图霍尔斯基之手的作品。1958 年拉达茨获得洪堡大学博士学位，1960 年移居联邦德国，担任罗沃尔特出版社副社长至 1969 年。1971 年在汉诺威大学师从著名文学教授汉斯·迈耶尔（Hans Mayer，1907—2001）完成教授资格专著。1976 年至 1985 年担任《时代周刊》文艺副刊主编，是德国最有影响的文学评论家之一。拉达茨不仅是玛丽·格罗德的合作者，也成为她最亲密的朋友，因此他有机会将玛丽·格罗德从不示人的大量私信整理出版成《我们没有生活过的生活——图霍尔斯基写给玛丽的书信集》（1982）。1969 年，他协助玛丽·格罗德成立了图霍尔斯基基金会，并担任主席至 2012 年。1987 年玛丽·格罗德去世后，图霍尔斯基基金会负责管理图霍尔斯基的著作权，用版税收入资助了很多研究和翻译图霍尔斯基的项目。

还不得不提到的是，所有图霍尔斯基的书，都是在罗沃尔特出版社出版的。它是德国规模最大的大众出版社之一，1908 年由年仅二十一岁的恩斯特·罗沃尔特（1887—1960）在莱比锡创办，当年出版了第一本书《夏夜之歌》。1912 年 6 月底，弗朗茨·卡夫卡在莱比锡与罗沃尔特见面，8 月 14 日致信罗沃尔特："尊敬的罗沃尔特先生，我特此呈上您希望看到的这篇短小的散文；它或许可以成为一本薄薄的书……如果这些东西也能让您喜欢并且印刷出来，我当然现在就会感到很幸运。"这本书 1913 年由罗沃尔特出版社出版，印刷了八百本，这就是卡夫卡出版的第一本书《沉思》（Betrachtung）。罗沃尔特与图霍尔斯基也是相识于 1912 年，两人关系很好。图霍尔斯基生前出版的四本书《用五个笔名》《蒙娜·丽莎的微笑》《德国，德国高于一切》《别哭，要学着笑》，都是在罗沃尔特出版社出版的。1948 年在复刊的《世界论坛》里，罗沃尔特发表了《写给一个永远不会忘记的人的信》，他写道："您对我来说是许多最挚爱的作者之一。很少人知道，在您尖利的笔锋和毫不衰减的战斗热情背后，是一个如此热血并且从任何意义上来讲都很人性的朋友。我印刷的您的每一行字，我都觉得是发自内心地认为您是一个真正的斗士，反对所有的反动势力，反对政客的愚蠢行为，反对小市民的感情用事，您是我心中的男子汉。亲爱的图霍尔斯基，我们今天需要您。"罗沃尔特生前全力支持出版图霍尔斯基的书，去世时，他留下遗嘱，委托人把这两本书放入他的墓：一本书是他出版的第一本书《夏夜之歌》，另一本是精装三卷本《图霍尔斯基选集》（第一卷）。恩斯特·罗沃尔特去世后，他的非婚生子海因里希·玛利亚·雷迪西-罗沃尔特（Heinrich Maria Ledig-Rowohlt，1908—1992）接管了罗沃尔特出版社，他很欣赏拉达茨，让这个年仅二十九岁的年轻人出任罗沃尔特出版社副社长，为图霍尔斯基作品的出版提供了极大的支持和便利。

1990 年，在纪念图霍尔斯基诞辰百年之际，德国的罗沃尔特出版社和图霍尔斯基基金会宣布重新编辑出版一套《图霍尔斯基全集》，其中许多作品是鲜为人知的或从未发表过的，共计二十二卷，从 1996 年起陆续出版，2011 年已经全部出齐。玛丽·格罗德、弗里茨·F·拉达茨、恩斯特·罗沃尔特、海因里希·玛利亚·雷迪西-罗沃尔特等人对图霍尔斯基文学作品的出版和传世，做出了重要贡献，功莫大焉。

2020 年 4 月于德国小城尼德多费尔登

库尔特·图霍尔斯基亲笔生平
——申请加入瑞典国籍

库尔特·图霍尔斯基，1890年1月9日生于柏林，父亲是商人，名叫阿莱克斯·图霍尔斯基，母亲多丽丝，娘家姓图霍尔斯奇。在施台廷和柏林上中学，1909年毕业。在柏林和日内瓦上大学，攻读法律，1914年在耶拿以优等成绩获得博士学位，论文是关于地产抵押法。

1915年4月，图霍尔斯基应征入伍，在陆军服役了三年半（附上服役证明）。最后，图霍尔斯基在罗马尼亚政治警察局任战地警官。

战后，1918年12月至1920年4月，图霍尔斯基在《柏林日报》主编奥多尔·沃尔夫的领导下，主持该报幽默副刊《恶作剧》。

通货膨胀时期，在德国写作是不可能的，图霍尔斯基接受了为前财政部长胡果·西蒙当私人秘书的职位（柏林贝特银行，西蒙公司）。

1924 年至 1929 年，图霍尔斯基作为柏林《世界论坛》周刊和《弗斯日报》固定撰稿人常驻巴黎。在那里加入"外国记者协会"。

图霍尔斯基曾经作为夏季游客长期在瑞典逗留（1928 年在基维克和斯卡纳，1929 年在玛丽弗雷德逗留五个月），1929 年夏季租下辛达斯的一幢别墅，为了在瑞典定居。1930 年 1 月迁入这幢自 1929 年 10 月 1 日起租的房子，此后一直住在那里。他在瑞典没有从事过写作或政治活动。多次去法国、英国（附上证明）、奥地利和瑞士旅行，这不仅增加了他的信息，而且治愈了一种顽固的咽喉疾病。自 1930 年 1 月起，他的固定住址在辛达斯，这里有他的全部家当和他的图书馆。

1920 年图霍尔斯基在柏林与医学博士艾尔泽·魏尔小姐结婚，婚约于 1924 年 2 月 14 日依法解除。1924 年 8 月 30 日，图霍尔斯基与玛丽·格罗德小姐结婚，婚约于 1933 年 8 月 21 日依法解除。图霍尔斯基没有孩子，没有需要资助的亲属，没有人可以从法律上分享他在瑞典的住宅。

图霍尔斯基是德国稿酬最高的记者之一。1931 年以来，他几乎没有发表过任何文章。根据 1932 年 8 月 25 日的《德意志帝国公告》，他在德国的财产（版权、稿酬等）已被没收。自从居住在瑞典时起，图霍尔斯基就在哥特堡的斯堪的纳维斯卡信贷银行开了一个账户，同时还在苏黎世的瑞士信贷银行开有账户，以便在旅行期间取钱。他没有任何债务，为他安装住宅设备和保障房屋需求的哥特堡的几家公司可以为此作证。

图霍尔斯基当时拒绝了任何出版社和杂志的约稿，这与他的文学发展有关。图霍尔斯基的文学创作始于一个短篇故事《莱茵斯贝格——恋人的画册》，该书 1912 年在柏林出版，迄今已经发行了十二万册。此外，他迄今出版的书还有：

《节约时间的人》，1913 年，已售罄。

《虔诚的歌》，1920 年，已售罄。

《普鲁士壁炉边的梦想》，1920 年，已售罄。

《比利牛斯山之行》，1927 年，已印十一次。

《用五个笔名》，1925 年，已印二十六次。

《蒙娜·丽莎的微笑》，1928 年，已印二十六次。

《德国，德国高于一切》，1929 年，已印五十次。

《格里普斯霍尔姆城堡——一个夏天的故事》。1931 年，已印五十次。

《别哭，要学着笑》。1931 年，已印二十次。

《德国，德国高于一切》由柏林新德意志出版社出版；《莱茵斯贝格》由柏林辛格出版股份公司出版；

其他著作由柏林恩斯特·罗沃尔特出版社出版。

1913 年，图霍尔斯基开始固定在柏林的《世界论坛》周刊工作，当时的刊名是《剧场》。这项工作延续到 1931 年。该刊的出版人是 1926 年去世的西格弗里德·雅各布松，图霍尔斯基取得的一切成绩都归功于他。雅各布松去世之后，图霍尔斯基在很短一段时间里独自出版该刊，以后移交给志同道合的朋友卡尔·封·奥辛斯基。

此外，图霍尔斯基作为自由撰稿人曾经为柏林的社会民主主义刊物《前进》、社会民主主义刊物《自由》《西木普里齐西木斯》和《工人画报》工作；他当时还为乌尔斯坦因出版社的《猫枭》《柏林画报》和《女士》撰稿。

除了文学工作之外，图霍尔斯基从 1913 年到 1930 年还作为激进派的和平主义者在德国活动。他的所作所为均在法律限制之内，因此他从未受过处罚。在德国和法国，图霍尔斯基作过多次报告，力图促进德法之间的和解。无论在哪里，他都为反对战争而狂热工作；在艺术上采取文雅又谨慎的手段，为大众使用最通俗的方法。在这场斗争中，他最关心的是效果，而这对朋友敌人同样强烈。因为社会舆论喜欢将不合他们心意的一切视为"布尔什维主义"，所以图霍尔斯基有时被称为共产主义分子。这是不正确的：他在战后加入了德国独立社会民主党，在同德国社会民主党合并之后，成为德国社会民主党党员。他从未参加过其他政党。

图霍尔斯基作为德国人，只要他感到自己对德国仍负有义务，他就会在德国抨击那些他认为不好的东西。1931 年，即纳粹主义者夺取政权之前，他的写作活动就暂时中断了。尽管如此，两年之后，他的德国国籍仍然被取消了，这是因为图霍尔斯基的和平主义活动。另一个原因是，图霍尔斯基在 1931 年写的一些诗歌中抨击过纳粹主义者的一个领袖。取消国籍的同时，德国的宣传部还对图霍尔斯基进行了一番攻击，远远超出了文明人中通常的限度。图霍尔斯基没有对这些攻击做任何答复。

取消国籍依据的是 1933 年 7 月 14 日的一项帝国法令。从这一天起，对纳粹主义者夺取政权，图霍尔斯基从未公开发表过任何意见。以取消国籍作为处罚是一种违法行为，它违反了所有刑事司法中最高的原则：无法不罚 ①。

图霍尔斯基博士想要完善他的瑞典语知识。他希

———————

① 　原文为拉丁文，nulla poena sine lege。

望获得瑞典国籍，如果这是允许的。

库尔特·图霍尔斯基，法学博士

辛达斯，1934 年 1 月 22 日

花　日 [①]

胖胖的公民掏出钱：

"拿着！我的孩子！"

他煞有介事地给了一枚五芬尼——

泪流满面！

眼泪在滴。这个大肚皮掀起波浪。

他赠送了东西！！——

在这种爱国者的炒作中

他做的就是这些！

他关心的是退伍军人的退休金

因骄傲而膨胀——

因为我们这里的政府，

---

① "花日"是1910年至1914年第一次世界大战爆发之前德国一些地方举办的募捐活动。以某种花为名，出售这种花的假花，募集款项，用于慈善事业。

天晓得！没有钱。

因为政府必须奋力缉捕赤色分子——
而且不得休息。
政府必须惩罚政治罪犯——
有的是事情要做！！

这样率先清空了其他人的钱箱。
为好战的无赖
他们在大街小巷乞讨——
矢车菊日……

这位公民在餐桌上，在甜蛋糕
和蓝鳗鱼之后，想到
（嗝！他打了一个饱嗝儿）："我们无论在哪里都是
信基督教的，爱做公益事业！"

1911

在餐馆里等待

等待，为什么会如此美好？
人来人往，喋喋不休，
饮者有滋有味，食客吧唧吧唧……
你知道，她会来的。

门开了，进来的
是一个军官。和我们一样，他也饿了，
把军刀挂在墙上
扬起白色皮手套……
你知道，她会来的。

每时每刻
玻璃门时开时合
陌生人进进出出，
她什么时候会来？

你如此平静，

因为还有两分钟或者三分钟……

在你稍稍转身之后，

她进来了，

正是你翘首以待的人。

1912

美丽的秋天

这真是一个蓝色的日子！
空气清新，凉风徐徐，
天晓得：这样一个早上
就是人们经常想要的。

这真是一个蓝色的日子！
大海此刻卷起了巨浪
正好拍击在
疗养者刚刚躺过的地方。

我蹲在大城市里，
从阁楼的窗户观望。
空气中的幽灵威胁着我……
我疲惫，厌倦，乏力。

我躺在床上，叹息呻吟。

秋天的海滩上一定会很美，
一幅情景画，两艘帆船，
再加一场古典轻歌剧！

1913

春天到了

春天的征兆最先出现在狗的身上，
接着出现在日历中，然后出现在空气里，
最后，阿德贡德小姐也穿上了
新洗干净的春装。

啊，伙计！他对春天有何求？
难道他不是一年四季都在发情期吗？
他的欲望永无止境……
亲爱的上帝调错了时钟的发条。

这个过程每一年都完全相同：
沉浸在应该只能庄严祈祷的地方，
压皱了神圣场所里的黄色花裙，
难道这是上帝期望的吗？

整个动物界永远都在这么做：

一条公狐狸狗和一条母卷毛犬正在嬉戏……
尊贵的太太垂下了眼帘，
劳工大哥似乎充满了忌妒。

任凭粗暴地吼叫，这对情侣也不被所扰，
踹上一脚，踢到了可怜的罗密欧……
在我看来，他俩不该属于这里……
年复一年，每年都是这样。

来吧，母亲，请递给我那把曼陀铃，
为我把咖啡放在厨房的踏板上。
我 的 低 音 已 经 响 起：萨 碧 娜，萨 碧 娜，萨
碧娜……
想做什么呢？最后总会一起做。

                                        1914

太　阳

孩子，太阳只对富人们才温暖仁慈，

对我们这样的人，它是在灼烤，直到后背大汗

淋漓……

如果你坐在厂房里辛苦劳作，

灿烂的天空只会让你像今天一样悲伤。

"生活不是给我们所有人带来幸福吗？"

这是资产阶级哲学家说的，

"这是你们的春天，这是你们的太阳！"

你们的春天……后排的房子，第四个院子！

这些沟壑之间生长着一棵苍白的植物，

演奏手摇风琴，铃铛发出当啷声，

孩子们在欢呼跳跃，载歌载舞……

我们的春天……什么时候会有所改变？

我真想穿越那些宽敞的大街，
一片片田地静静地躺在暖风中……
我也想像那些人一样幸福快乐，
他们此时正徜徉海滨，流连山中。

然而，你，我，我们所有人都不可能向前走，
即使到了孙子辈，也仍然是当工人，
太阳照在那些人的身上，他们快乐地思考：
普鲁士，孩子，世界上的德国
向前！

1914

回　忆

她在我的梦中跳跃，约瑟芬！
好孩子！她胖乎乎、圆滚滚！
裹在透气的丝绸里，
如此饱满，如此新鲜，如此健康！

她俯身，说："你还记得吗，男孩？"
哈弗尔① 波光粼粼，风在芦苇中沙沙作响，
有西红柿、鸡蛋、盐渍口条，
你往嘴里塞啊，直到只能轻声呼喊：萨米尔，空
气，帮帮忙！

然后是纽带相连，然后是在户外睡觉！
一直都看见那道白色的亮光！
我相信，这就是我们两个人的原罪。

————————

① 　哈弗尔河是德国东北部的河流，全长 334 公里，流经柏林。

我们彼此相爱，而且这，这是不允许的！

她说了话，然后消失。透过香烟的灰色烟雾
我望着空中……
是的，当年啊！那时还有煎鸡蛋、
黄油和温暖的烘烤香气……

向往，向往啊。我看着日历：
一九一八！我们拥有自己的军队，
我们还有比利时和塞尔维亚作为抵押品①……
然而，都失去了……一去不复返。

1914

---

① 第一次世界大战期间，德国先后侵占了塞尔维亚和比利时。

不行！还不行！

一次微醉蒙蔽了你的思想，

真该死！春天来得太早了。

雨伞

还深藏在柜子里……时间的概念在波动。

温暖的春风现在吹走了什么？

四月里

柔和的风对我轻声私语……

鼻子闻到了不同寻常的芳香。

亲爱的上帝，这没有任何价值！

像一头胖熊抱怨地舔着自己，

太早就被唤醒，

我又退了回去，梦想冬天。

我太虚弱了。我想蹲在炉子旁边……

兽性尚未醒来。

我太虚弱了。

我想要的是微弱的灯光、阴暗的黄昏和浓密的雪花。

1914

心急的小女孩

玫瑰项链。热切的双眼。
华尔兹的节拍，小提琴的乐曲。
适合亲吻的嘴唇。
白皑皑的雪，摇摇晃晃的行走。
即使是在这些显眼和寒冷的时刻
生活依然五色缤纷……
然而你却噘起了嘴：
“这就是全部？
呸！
那又怎么样？”

骑士都是木偶吗？
四肢可动的木头人，既愚蠢又不会说话？
俄罗斯人，波罗的海人①，德国人，拉脱维亚人

---

① 波罗的海人，传说又称黑罗斯人，指的是居住在北欧波罗的海东南海岸、以波罗的海语族语言作为母语的民族，属于北欧人种。

仅仅是你的听话的观众吗？
发情，陶醉，仇恨，移情——
总是由于同样的原因——
然而你却从鼻孔呼出一口气：
"这就是全部？
呸！
那又怎么样？"

这就是全部？
你瞧，一个机灵鬼
首先观察的是整体：
在那堵厚墙的背后
最先暴露真面目的是那个男人。
在绿色的爱情小径上
只能快步小跑
耐心地奔向爱神的祝福——
你只需等待！

1914

雪　花

冬天的寒风正在咆哮，

乌鸦聒噪，黑雀欢叫。

讨厌的风围着教堂钟楼打转，

哨兵裹进了皮大衣。

壁炉噼啪作响。在五彩喧闹的世界里

从里加 ① 到斯普雷河 ② 都生起了火……

瞧，灰白的冬季天空飘下了

　　　第一片雪花。

这是不寻常的一年！俄国沙皇静静地退位，

美国股市狂跌。

在里加和格茨 ③，王冠纷纷坠落，

---

① 里加是拉脱维亚首都。

② 斯普雷河是贯穿德国柏林的一条河。

③ 格茨，现名格里齐亚，意大利小城，1916—1917 年奥地利与意大利曾
在此激战。

罗马也摇摇欲倾。
德国人戴紧钢盔，
为自己煮了一杯冬天的热茶。
西南前线，潜艇将士的身上落下了
　　　第一片雪花。

前线的年轻士兵
穿上了冬装。
他的舌头已经感觉到朗姆酒的香味，
期待着可爱的烫热的甜红酒。
艾尔维拉相信，这有易于孩子，
温暖的衣服裹着大大的脚趾……
她在编织。
　　　我们做好了准备
　　　现在它终于来了
　　　第一片雪花。

　　　　　　　　1917

西班牙的病?

是什么正在所有交战国家悄无声息地流行?

是什么撕碎了从战壕到官邸

受到感染的衣装?

谁看见它了? 谁给它起的名字? 谁真正了解它?

喉咙痛, 耳朵痛……

　　　　　我觉得, 这件事是西班牙的。

但我要是仔细观察

好好地注意一下所有症状,

我就会突然发现:

这并不是国际性的。

要是看看整个病人军团,

　　　　　我就会觉得, 这根本就不是西班牙的。

有一点发热, 有一点恶心,

大夫叔叔说:"明天就会好些的!"

夜里，在黑暗中，发汗，

心悸，眩晕，谵语；

中午，燥热，晚上，浑身发冷；

次日早晨，一切又重新回到了过去……

       这不是流感，不是寒战，不是肺病……

       这是一场德国的政治危机。

                             1918

愿　望

夫人头发金黄，肤色亮丽，

晒足了夏日的阳光……

　　　　她却觉得还是不够好。

她想把皮肤晒黑，这个傻孩子，

棕色的，就像吉普赛女郎那样，

　　　　于是继续在海滩晒烤。

年轻德国的诗人

时髦穿少年席勒的衣装

　　　　（他其实并没有那么灵巧）

光靠拉伸是长不高的；

还是乖乖地待在母亲的怀里吧：

　　　　她的双手更灵巧。

老年德国热衷搞政治，

盘点这次战争的得失：

印度必须归属巴登！
加上埃及！还有波罗的海！
我们大家一起向前迈进，
　　　　以胜利的姿态！

每个人都可以大声呼喊。
黑人要变成白人，
　　　　步兵想变成骑兵……
我的孩子，我们想要站立起来，
做好我们自己！
　　　　我认为，这是更明智的。

　　　　　　　1918

在笼子里

在我的理想的粗栅栏后面
我从一堵墙跑到另一堵墙。
在外面走着的是看孩子的保姆、将军,
皮革商的遗孀和她的情人……

有人偶尔看过来一眼。目光茫然。
啊!有一只老虎,哎,可怜的动物……
然后他们就谈论"也给阿姨寄点儿东西,
包在羊皮纸里"。

我很想出去。我伸展四肢……
他们过得很好,拥有美好的时光!
他们肯定并不纯洁,但是我渴望找到
共同点。

老虎打着哈欠。它很想被放出去吧……

然而笼子的栅栏很严实。

即使守卫亲自把门打开：

人们也不离去。

1918

圣诞节

我站在德意志的废墟前
默默地唱着我的圣诞歌。
我再也不必去关心
那些发生在世界各地的事。
它是别人的事。属于我的只有抱怨。
我轻轻地哼唱，就连自己也几乎难以听见，
这是我们青年代表大会的旋律，

　　　　啊，圣诞树！

我若是圣诞老人的随从
就会唠叨一段废话
——任何教训对德国人都已毫无作用——
的确如此！我重新折返。
最后一块面包将要吃完，
街巷发出怪叫。① 他们在吹牛皮。

---

① 1918 年 11 月 10 日，德国各地爆发革命，工人和士兵夺取（转下页）

我想把他们统统挂在你的枝头，

　　　啊，圣诞树。

我凝视着噼啪作响的蜡烛：

这一切不幸究竟是谁之过？

是谁让我们流血和痛苦？

难道我们德国人就该有羔羊的耐心吗？

他们不愿忍受。他们天真地等待。

我又做起了那个旧梦：

民众，消灭社会等级的狂妄！

再也不要相信这些家伙，决不！

那时你就可以自由地唱起圣诞歌，

　　　啊，圣诞树！啊，圣诞树！

　　　　　　　　　　　　　　　1918

_____

（接上页）政权。12月16日至21日，在柏林召开了第一次全德工人和士兵代表大会。

教　授

他穿过古老的街巷，

头戴便帽，身穿皱巴巴的外套。

小腹微微隆起，就像揣着一个小小的啤酒桶

……不再年轻……额头的鬓发已经灰白……

他也忘了带上他的伞。

有人私下说："他很懂他的专业！"

一汪静水，深不可测：

这是老教授。

是今天吗？他在嘈杂的世界

四处奔波。

家里家外

谈论政治，颇有才干。

与工业界的密切关系

到处都很受欢迎，因此必须要有。

疯狂号召开战，不惜一切代价，

这是新教授。

有人说，他已经变得脱离现实。

他们今天是多么的圆滑世故！

有人说，除了读书，他什么都不会。

现如今一只手还怎样洗干净另一只手！

  这一个不再教书。那一个到处宣讲。

  谁来教那些大学生呢？

我也无能为力，他也许会好一些

  那位心不在焉的德国老教授。

     1918

除　夕

低矮的房间里
烟斗冒出的烟汇成一团团蓝色的雾。
夜里的狂风晃动着百叶窗；
听话的灯光像往常一样照耀着我。

红葡萄酒一如既往在我胸中燃烧
结实的玻璃杯上带有皇帝的形象；
静静的一杯酒——它的味道如此柔和——
我畅想杯中情景——映现其中的是什么？

漫长的四年。
必须一次又一次地屈服，
沉默，忍气吞声。
人是物质和军用品。

终于结束了。

现在给我们留下了什么？
我们永远爱着的德国在哪里？
这些烦恼究竟为了什么？

什么也不为。
我吸了一口烟——烟斗咝咝作响——
人们为我们祈祷哀求来的东西是——
审判日！

你们知道我们遇到谁了吗？
焦炭男爵和戴单边眼镜的人，
市民羔羊和追名逐利的人——
你们都在睡梦中。

今天赶紧醒醒吧！
我们背负着我们的十字架，他们佩戴着他们的
勋章——
我们被冲击，我们被踩踏：
大兵，醉鬼！

你们忘记了吗？
永远要记住那些老人是怎么唱歌的！

但是我会留在你们的记忆里

满满的一杯!

1918

渴　望

我最初是想保护你的贞洁。
锁链熔化了。
我毕竟也是一个男人，
而不是木头。

到了五月。黄莺啾啾。
总有什么事发生。
谁要是忍住这也不做那也不做，
那就太愚蠢。

因为这是心灵的友谊，最亲爱的女人，
这首诗
准确而清楚地告诉我也告诉您：
这是不可能的。

这是不可能的，因为微风拂煦，

鸟儿低鸣……

我们都需要一张红色的嘴，

使我们振作起来。

我们都需要能够让血液

快速向前奔流的东西……

如果已经娶了老婆，

就要再一次把自己密封严实。

你要是失灵了，

我的琴声则更加响亮，

你要是不愿意，

这也恰恰是我这么多年的缺憾……

没有任何爱情曲调如此甜蜜，

没有任何沐浴如此清新，

没有任何小巧的乳房如此赏心悦目，

这些的确都没有。

现实永远无法做到，

因为它什么也留不住。

你的金发飘逸闪烁，

蒙住了我的整个世界。

1919

错过的夜晚

夫人今天想和我同床共寝……
我满心欢喜地期待着我们的幸福港湾。

但是这些人早已长眠墓穴，
穿着白色的鞋，

这些年老、睿智、可敬的教会先父，
一个接着一个地穿越苍穹……

啊，我必须向他们所有人学习，
然后他们重新返回雾蒙蒙的远方。

我与魔鬼的夜晚……遭到诅咒的信徒！
你会在下周来我这儿吗？

瞧，他们已经牢牢地困在我的脑海中。

我想心情愉悦地伸手去摸你的乳房！

1919

日本神像

胖胖的神蹲伏在那里笑，
沉重的肚子布满深色的褶皱……
在掌控命运之上
他静静地坐在那里，眯缝着眼……

啊，漫游者，请脱下你的帽子！
因为他追求理想。
他对思考的痛苦了解多少？
它存在，这样就好！

1919

向战争宣战

他们在战壕里蹲了四年。

时间，伟大的时间啊！

他们挨冻，长虱子，

家里有老婆和两个年幼的儿子，

远方，在远方！

没有人告诉他们真相。

没有人敢于反抗。

月复一月，年复一年……

如果有人回家休假，

他在家乡看见的是大腹便便的家伙。

像瘟疫一样到处蔓延的是

跳舞，贪婪，黑市交易。

一帮蹩脚的德国作家大叫大嚷：

"战争！战争！

伟大的战争！

在阿尔巴尼亚的胜利，在佛兰德的胜利！"

死了的是其他人，其他人，其他人……

他们看见战友们阵亡。

这是几乎所有人的命运：

负伤，像动物一样受苦，死亡。

一小块斑迹，暗红色的，

他们很快就被运走，草草掩埋。

谁将会是下一个呢？

数百万人的一声呐喊升到星空。

难道人们就永远不会学到什么吗？

有什么值得做的事吗？

谁在那上面正襟危坐，

全身上下挂满了勋章，

永远都在发号施令：杀戮！杀戮！

鲜血，碎骨，污垢……

然后突然有人说：船漏了。①

―――――――――

① 一战后期，德军节节败退。1918 年 11 月，基尔军港的水兵发生哗变，
蔓延全国，爆发德国十一月革命，迫使德意志皇帝威廉二世退位。

船长告退离去，
突然弃船游走了。
军人们无所适从。
这一切都是为了谁？为国而战？

弟兄们！弟兄们！团结一致！
弟兄们！不能再这样下去了！
他们给我们的是毁灭的和平，
我们的儿子们，你们的孙子们
也将面临同样的命运。
难道他们还要再用鲜血染红
沟渠和绿草？
弟兄们！别听那些家伙的！
决不允许再这样下去了。
我们所有的人都看见了，
这种疯狂将通往何方。

他们点燃的火在燃烧。
赶紧灭火！帝国主义者，
他们盘踞在那边，
又给我们送来了国家主义者。

再过二十年

行驶而来的是新式的大炮。

这不是和平。

这是疯狂。

是在昔日的火山上跳昔日的舞。

你不应该去杀戮！有人这么说。

人类在听，人类在抱怨。

难道从来就没有想要改变吗？

向战争宣战！

　　　　　人间和平。

1919

艰难的时刻

隔壁房间的少女，
我问自己，她在做什么？
我听见一个男孩的声音，
在这么晚的时候？夜里十一点？

他说话还没有完全变声！他们的声音
渐渐减弱……他们轻声细语。
难道我是一次犯罪行为的
见证人？谁知道啊！谁知道！

她客客气气地对他说。悦耳动听的女高音
听起来是在劝导。
他笑着答道："遵命！"这太糟了！
对这个男孩到底做了什么啊？

难道是不会让人窒息的亲吻吗？

我后来问过她，到底做了什么事……

她说："精神上的愉悦，

它带来的仅仅是苦恼。

这是我唯一剩下的！"

1919

为了玛丽

诗歌可惜已经离我而去……
天气如此之热。
我只有一个卑劣的渴望
金发的，白皙的。
官员，文件，黑市商人，各种各样的农民……
一个愚蠢的国家。
这个玩笑究竟还要持续多久？
请给我你的手。

如此遥远，我不愿意永远待在如此遥远的地方。
信纸有何用！
在最后一次战地书信之后
我就会来到你的身边。

1919

致我们的孩子

孩子，你躺在床垫上，

你，年轻的德意志共和国。

刚满一周岁。对那场可怕的战争

你毫无所知。

你是战争的孩子。但是你很可爱。

总有一天你会长大。

你工作，平静地生活

摆脱了那些奶妈。

这些奶妈哺乳了你。

奶水是酸的，但很健康。

很快你就长出了新牙，

把玩具环咬在嘴里。

很快你就会长大。在以后的日子里

你坚强而快乐！

所有的人都会说：

了不起的孩子！

却无人提起你的爸爸！

1919

春　天

春天啊！我们差点把你忘记了！
清新而大胆
在喧闹中萌发出
新绿。

树叶张开了一片片嫩牙，
转瞬之间，
犹如装点在树枝上的首饰！
潮湿而卷曲！

它们看见的是：形形色色的闹事者！
军人！
瞧瞧这些变得野蛮了的军士……
这是怎样的一支军队啊！

它们看见的是：法庭恰恰

抓错了人。
抓的不是那些窃贼大盗……今天不抓吗?
今天不抓。

新叶闪闪发亮,
它们在想:这是怎么回事?
如果可以的话,它们将把自己的嫩牙
迅速收回!

1919

沉迷的梦

迷人的乳房静静地倚在桌上，
那个处女脸色红润，满面春风。

他则身如皮球，滚圆滋润，
想象中他倒挺合我意。

高贵的男孩曾经拥有幸福和胜利，
现在他可以尽情享受生活的乐趣。

他将先呻吟并且伸展四肢，
但是之后他一定会陷在其中。

结婚、孩子、在家说法语
与爱情之夜和那种长沙发毫不相干……

我则坐在她的乳房前，

想象中她在满足着我的欲望。

然而我却站了起来，快乐地摆动大腿，
我走开了，
我自由了，
让处女继续当处女！

1919

五年之后

父亲死了，一个兄弟死了，
还有一个兄弟成了战俘；
母亲急需退休金：
我们这些野孩子吃什么？
　　我们穿着破衣烂衫站在那里，
　　思念着过去的年代。
　　　　心怀仇恨。

我们仇恨普鲁士精神，
它压迫我们，欺骗我们。
我们仇恨勋章带来的光环。
　　勋章上的鹰已经飞走了。
　　只给我们留下一个弄脏了的巢穴，
　　作为可怜的残余物。
　　　　我们有恨。

听着，兄弟，面对仆人和投机商人，

你不是站得笔直吗?

你上战场是当替罪羊。

我们激动、兴奋、紧张……

    觉醒吧! 你曾经病了这么久!

    不能这样持续一辈子!

    不要再听之任之!

        我们有恨。

烧光! 烧尽! 彻彻底底!

勇敢地伸手问苍天!

上层阶级——他们为数不多——

陷入混乱。

    在污秽、鲜血、泥泞、痛苦之中

    我们依旧保持一颗温暖的心。

    用尽全力出手吧!

        我们有爱!

                          1919

晚　安！

我带着身上的臭虫睡觉，
赤褐色，扁平的。
我借宿在一个伯爵家里，
这里也有很多臭虫。

夜里，群星闪烁，
勤奋的臭虫成群结队
在黑暗中静静地移动，
如上帝所愿。

它们钻出狭窄的缝隙，
钻出橡木地板；
它们白天禁食静坐，
现在上床欢庆。

它们咬我。所到之处，

鼓起一个个巨大的小肉包；
展示的是本地臭虫的咬人艺术——
它们咬得真准。

它们咬我。浑身发痒。幸运的是
明天一切都会恢复正常。
每当我温柔地揿死一只，
我都会想念你。

1919

不幸的妻子

我丈夫？我那个胖胖的丈夫，那个诗人？
亲爱的上帝，别再提这事了！
一个唐璜①？一个听话的淳朴的
布尔乔亚，就像上帝希望的那样。

现在他站在他的那几本薄薄的书里，
他亲吻过多少女人啊；
丝一样的头发，真正的丝巾，
渴望，兴奋，发情，欲求……

亲爱的姐妹们，放下那些信件，
扔掉匿名者的紫罗兰花束！
如果他睡了，这样会打扰他的。

----

① 唐璜是西班牙家喻户晓的传说人物，以英俊潇洒及风流著称，一生中周
旋无数贵族妇女之间，在文学作品中多作为"情圣"的代名词。

这个胖子大部分时间都在休息。

他又懒又肥，还贪吃
总是义愤填膺。
红酒，他要调好温度
喝起来毫无节制。

我看着你们一天比一天
憔悴而急迫，嘻，随它去吧！
我丈夫？我那个胖胖的丈夫，那个诗人？
在那几本书里：有他。
生活中：已无他。

1918

唤　醒

今天，也就是八年之后，我又见到了约瑟芬。

大吃一惊！

啊，我认识的她是多么的清纯无瑕——

韶华已逝。

我还能认出她，如果男人伤了她的心，

当她温柔地垂下眼睑和睫毛的时候。

你们绝不允许在九点半以后靠近……

是谁张开了这双眼睛？

她的目光曾经是那么纯洁。

羞涩而莽撞

她当年匆匆亲吻她善良的好妈妈，

就像个孩子。

今天她的蓝色星星在呼喊：

留下吧！我宁可亲吻着死去！

谁伴随着她，在这条甜蜜的轨道上？

是谁张开了这双眼睛?

总是偏离爱情的,

是我的诅咒。

我阴沉着脸

把每日新闻写进这本书。

啊,日耳曼女神,请看一眼约瑟芬!

还没有一个强壮的男人出现在你的面前。

你依旧相信孩子的疯狂……

何时你的心灵才能敞开?

1919

革命的回顾

我回头望。新闻媒体

在一年前大惊失色。

德军最高领导突然哑然失声。

结束了。空话落在了粪土里。

结束了，所有的计划和厚厚的论纲，

结束了，笨拙的吹牛说大话——

    上帝保佑你，真是太美了，

    上帝保佑你，不应该这样！

士兵在前方！皇帝已经放弃。

现在你们想独自继续观望。

生活中的安排很丑陋，

站在艾伯特的人旁边的是诺斯克的人。①

这个国家刚从一场瘟疫中恢复过来，

_____

① 艾伯特和诺斯克都是当时德国的政治家。

又优雅地落入下一场——

　　上帝保佑你，真是太美了，

　　上帝保佑你，不应该这样!

我们已经想到：现在是针对军官!

我们已经想到：这里事态严重。

我们已经想到：不要再拘束，

大火一旦点着⋯⋯就会燃烧蔓延⋯⋯

我们已经想到：现在到来的是铁扫帚⋯⋯

但是这个德国人弄湿了自己的裤子——

　　上帝保佑你，真是太美了，

　　上帝保佑你，不应该这样!

难道这个国家从来就没有拯救者?

风雨交加，阴湿苍茫。

正是适合分手告别的天气：

永别了，永别了，十一月的理想!

因为你首先要花费太多的钱，

其次你们还要唱《莱茵河畔的哨所》①——

---

① 19世纪德国的一首政治歌曲，由马克斯·施内肯布格（Max Schneckenburger）作词，卡尔·威廉（Carl Wilhelm）作曲。

塔图-塔塔，真是太美了，

上帝保佑你，不应该这样！

1919

我们的军队！

从前，当我是个小男孩

背着书包去上学的时候，

听见从远处传来的军乐声，

我就大声呼喊。

也许是穿过选帝侯大街，

昂首挺胸站在上尉先生的面前，

站在众多苗条而僵硬的少尉军官面前……

每当鼓号齐鸣

奏响普鲁士进行曲，

我总是兴奋得几乎扑倒在地——

两眼放光——直冲云霄的是

军乐！军乐！

岁月流逝。当年一个孩子

发自童心为之欢呼的东西，

一个青年站在俄罗斯的风中

从近处并忍着疼痛目睹。

他看到的是野蛮，他看到的是欺骗。

顺从！顺从！仍然不够！

更加顺从！更加屈服！

在弯下的背上踢一脚打一拳！

少尉军官们又吃又喝又嫖，

即使他们并不是正在休假。

少尉军官们又喝又嫖又吃，

谁的肉和小麦面包？谁的？

少尉军官们又吃又嫖又喝……

这个男人几乎买不起生活必需品。

忍饥挨饿。栉风沐雨。汗流浃背。长途跋涉。

直到一命呜呼。

有人用灼热的眼睛看见

并且认为，这个废物可能毫无用处。

并且认为，必须这样

为了德国的康复，为了我们大家的救赎……

但是战争的悲叹仍然被它的声音淹没：

　　　　　军乐！军乐！

今天吗？

　　　　啊，是今天！上面的先生们

装模作样地赞扬他们的教父诺斯克^①

他们需要这种陈旧迂腐的少尉军官

给他们的原则提供支撑。

他们逮捕、控制、拷打了很多人，

当年和今天一样，当年和今天一样，

要是有人真的失手，

就会有其他人出来替他说话。

李卜克内西^②死了。福格尔^③溜了。

德国从来不惩罚这样的谋杀犯。

那又怎么样？

　　　　　仇恨正在下面聚集，

尚未阻塞你们的道路。

但是这可能会再次出现！

并非所有燃烧得通红的余火

在灰烬之下全部熄灭。

请注意！这就是房子里的炸药！

我们不要这些民族主义者，

---

① 古斯塔夫·诺斯克（1968—1946），德国政治家、社会民主党人，在德国十一月革命及其此后的政治变革中发挥了重要作用，并参与谋杀了共产党人李卜克内西和罗莎·卢森堡。

② 卡尔·李卜克内西（1871—1919），德国马克思主义政治家、德国共产党的创始人之一。1919年1月15日，与罗莎·卢森堡一起被右翼军人杀害。

③ 库尔特·福格尔（1889—1967），德国军官，参与杀害罗莎·卢森堡，后逃亡荷兰。

这些维护制度的布尔什维克，

所有这些对我们施暴的流氓无赖，

就是他们杀害了罗莎·卢森堡①。

你们也称之为志愿者协会：

这是一些陈旧的肮脏的手。

我们了解这家集团，我们了解这种精神，

我们知道，军团的命令意味着什么……

滚开吧！

　　　　要把他们的肩章

撕得粉碎——文明打开不了缺口，

如果有人消失在乡村，

任何自由人都无法经受住那里的压力。

　　　　有两个德国：一个是自由的，

　　　　另一个是被奴役的，无论是谁。

　　　　啊，共和国，让它最终保持沉默吧，

　　　　　军乐！军乐！

　　　　　　　　　　1919

————————

① 罗莎·卢森堡（1871—1919），德国马克思主义政治家，德国共产党的
创始人之一。她出生于加利西亚地区（现在分别属于乌克兰和波兰）一
个富人家庭。1919年1月15日，与卡尔·李卜克内西一起被右翼军人
杀害。她的尸体被扔进排水沟，几个月后遗体才被发现，得以安葬。

两个被杀死的人

（李卜克内西和罗莎·卢森堡）

怀着对柏林近卫骑兵步枪师 ① 的爱戴与崇敬

烈士……? 不是。

　　　　　　但是暴徒的战利品。

他们胆大妄为。这种事在今天已经很罕见。

他们采取行动，他们全力以赴：

他们不想只是理论家。

他：一个中等身材并无主见的人，

他在大街上寻求人类的福祉。

可怜的家伙：人类的福祉并不在那里。

他做他的事，一如他所见。

———————

① 柏林近卫骑兵步枪师，1918 年由从东部前线回来的近卫骑兵步枪师和
其他部队组成，1919 年 1 月参与镇压斯巴达克斯起义并谋杀了共产党
人卡尔·李卜克内西和罗莎·卢森堡。

他想解救那些被压迫的人，
他想为他们争取人应有的生活。
他们欺骗了这位理想主义者，
自己的浪涛吞噬了海神。
他们撬开了钱箱，骚乱此起彼伏——
可怜的家伙，这是你想要的吗？

她：这两个人中的男子汉。
一辈子充满了追捕和牢狱之苦。
讽刺与讥笑，黑白两道的刁难
但是忠实于旗帜，旗帜！
一次又一次：逮捕和监禁
密探追捕，县议会的苦恼。
一次又一次：监禁和逮捕——
她拥有最强的男人力量。

排水沟的女神切断了线索。
他们俩躺在伊甸园旅馆。
预约的工作？资产阶级？
这些善人从来没有如此行动果断……
两个人毫无反抗就被杀死了。

秃鹰发出死亡的悲叹：

谢天谢地！危机总算结束了！

"他们打死了这个加利西亚女人。"有人写道。

我们松了一口气！资产阶级万岁！

现在玩你的小把戏不用考虑他们！

不能不考虑！人们可以切断身躯。

但是他们俩的这一点仍然保留：

如何对自己保持忠诚，

面对敌人的世界

如何仅仅手持盾牌去战斗，

每个诚实的人都不会忘记他们俩。

天晓得，我们不是斯巴达克斯联盟 ① 成员。

向两位斗士致敬！

　　　　他们在和平中安息！

　　　　　　　　　　　　　　1919

---

① 斯巴达克斯联盟，成立于 1917 年的德国左派社会民主党人的组织，由
李卜克内西和罗莎·卢森堡领导，1918 年改组为德国共产党。

小　岛

我迫不及待地盼望夜幕降临，
现在她在这里。
我跨进爱的乐园，
离你这么近。

我们把玩情感的刻度表，
犹如一场决斗。
你风情万种，出类拔萃，
美丽……迷人……

害羞。抵御。退让。淹没。
疲乏。入睡。
我们放任自我，随心所欲……
直到你乖乖地睡着。

晨光微曦。报纸窸窸窣窣

轻轻地穿过门缝。
邪恶的调解人，管理者
新闻标题引人注目。

昏暗中我看到一行字：
"米勒先生发表谈话。"
时钟嘀嗒作响，急急匆匆
我们也不再停留。

我们匆匆离开。
我回头望去。
在这个小岛上，你给予了
短暂的幸福时光。

1920

展望未来

夜里，你睡在我的身旁，

  可爱的夫人，

你突然的一声喊叫把我惊醒。

  这是一个人名吗?

我静静地倾听，半睡半醒中

  你又说了一遍："莱奥……"

请不要离题，我的女神!

  我的名字是特奥 ①。

我还在你的身旁，我们

  临近分手时:

也许你很快就会在茶馆里

————————

① 这首诗发表时作者的署名是特奥巴德·蒂格尔，特奥是特奥巴德的昵称。

　　结识一位政府参议员。

当你在夜里投入他的怀抱，
　　那个自豪的胜利者，
你也会轻轻地叫着我的名字，
　　想起你的蒂格尔。

　　　　　　　　　　　1920

高山里的春天

"金发女郎都很高冷,

爱情也从未让她们变热。

平时让女士们高兴的东西,

现在也让她们保持高冷。她们是冰的化身。"

这是我聪明的孩子说的,

但是,我不认为,这是她的意思。

不想忘记也不能忘记:

阳光普照的时候,是什么样的感觉?

冰川裂缝躺在阴影里,

低沉,黑暗,难以接近。

严寒彻骨……在那些寒冷

且霜冻的洞穴里,渺无人迹。

严寒彻骨……风吹走了

云层，太阳在呼唤……
冰在悄悄地融化，迅捷……
冰川上飘逸着温暖的香气。

温暖的香气来自其他的国家……
冰在融化。突然之间融化了：
抵抗了如此之久，
现在冒着泡变成泉水流向山谷……

1920

第一次

有一天，在化学课上，我打了个赌，
我愉快地抽了第一支烟。
唉！我感到痛苦又恶心，
然后我突然消失了几个小时；
我觉得尼古丁要让我爆炸，
我听见烟雾在肚子里回荡！
第一次啊，第一次，
这怎么着也不够啊！
我真的感到很郁闷！
因为我毕竟是个新手！

有一天夜里，我悄悄来到姑娘的房间，
我窥视，因为我知道安娜不是男孩子。
哎！我实在是太喜欢了，
于是就敲了敲门。
老鼠说："会出事的！"

然后就立刻将我赶了出去！
第一次啊，第一次，
这怎么着也不够啊！
我真的感到很郁闷！
因为我毕竟是个新手！

前几天我的萝莉外出旅行，
我失足滑倒在一条次要轨道上！
唉！我实在感到羞愧难言，
因为我躲雨躲到了房檐下。
毕竟爱情出现了一个洞，
这个姑娘也仍然让我很思念。
第一次啊，第一次，
这怎么着也不够啊！
我真的感到很郁闷！
因为我毕竟是个新手！

1920

献给他的梅丽

我翻阅这些页面

我的面前出现一个金发女郎。

我让我的眼前拓展放大

新的一年。

在所有的页面上都有一个疑问。

我看了好几个星期……

在这些日子里

我每一天都可能很幸福。

1920

致孩子

你还没有生命，
我却已看见你在活蹦乱跳：
一缕金黄色的头发，蓝蓝的眼睛。
我看着你，又不时地寻找
一个可爱女人的面容。

你要在枕头上高声欢叫，
那么活泼，那么聪明，天生丽质。
你无须像我一样知道，
造成痛苦的冲突是什么。

痛苦已经消失。你大喊大叫
挥舞着胖胖的小手！
高兴一点儿！看着母亲，孩子！
她是如此明亮，即使狂风呼号。

只要听到她的声音，风立刻变得柔和宜人。

继续欢叫吧。我独自一人又有何妨？

我们人类永远是老孩子：

我过去不是——我的儿子，你应该是。

你应该是！

你将要获得生命。

你应该是！我则已无能为力。

你来自母亲的怀抱，

为我们照亮了前方！

　　　你的头发那么金黄。

                                        1920

献给玛丽

你不把自己献给任何人？你是金发还是冷酷？
强烈而炽热的感情会让你感到羞辱吗？
我们是一个人。

每个人与其他人都被距离隔开，
他不知道，爱情在哪里点燃、起火、燃烧……
我们是一个人。

一丝火星罕见地从血液跳到血液，
让平时静止的东西发挥出来……
我们是一个人。

但是有一次——也可能会完全不同——
有一次你献出了自己——你瞧，然后两个就变
成了：

我们俩——

没有人再是一个人。

1920

拒　绝

再来一次吗？我以为，现在已经和平了。
关于法律将以和平的方式做出决定……
从大街上冲击议会
不是理由。

这些水兵并不是水兵。
这中间有一群群失业者。
士兵。庸人。好奇者。乌合之众。
现在停止吧！

议会是国家的一面镜子。
那里坐着每个阶层的代表。
如果政治让你们烦恼，
那就选举吧！不要开枪！

一条自由的街道，不是一条污水沟！

远离那个噪音制造者的队伍！

我们需要安静的时间。这样永远不会有

民主！

1920

导盲犬
——为八月一日而作

聪明的狗引领摸索前行的盲人穿街走巷。
嗅闻，寻找，知道如何找到正确的路。

有一次，盲人啊，你们被其他人引领了四年半。
他们吼叫，狂吠，驯服了有生命的人。

有一次，盲人啊，你们被群狼领进了肮脏的
战壕。
你们被拴上了链子，只能吃动物饲料。

事态有变，赶紧逃跑。在喝了一杯血酒之后
他们今天在边界的对面承担着沉重的责任……

你们的狗小心地扯着引领的绳索。
警惕地竖起耳朵，眼神里透露着忠诚。

盲人啊！没有任何一个领袖，自吹自擂的和形形
色色的，

　　站在上帝的面前像你的狗这样如此人性如此
崇高！

1921

回归自然

靴子又可以放在门前了，

　　　　而不会被偷走。

又可以静静地按响桌铃要黄油，

　　　　把果皮放进小碗。

　　又可以从容地掏出小费。

　　只有少数服务员奔忙，即使他们收下了钱。

　　　　这是一种幸福。

　　我们慢慢地回归自然。

又允许写文章了，

　　　　写在某些名词的前头。

不再需要全神贯注，

　　　　歪歪斜斜也无妨。

　　不必再追求成为泰戈尔，

　　反正我们在骰子游戏中已经输给了他……

　　　　这是一种幸福。

　　　我们慢慢地回归自然。

又可以坚定地发号施令，

　　　　　　如果你是官员。
臣民只须立正并服从，

　　　　　　因为他是德国人。
　　　新的共和国对我们来说不是一个玩笑，
　　　宪法挂在每一个犄角旮旯。
　　　我们依旧还有很多旧官僚，
　　　旧法官以及传统士兵……

　　　　　　这是一种幸福。
　　　我们静悄悄地回归君主王朝。

　　　　　　　　　　　1922

致柏林女郎

姑娘，任何好色之徒

　　都不会让你动心。

　　难道你会相信

愚蠢的崇拜者对你的胡言乱语？

张开鼻孔吟唱，

罗密欧已被爱情击败，

你在低声轻语：

"愿不愿一起敲定音鼓？"

你若想过浪漫的节日，

请去电影院……

　　你毕竟是母亲的宝贝，

　　你啊，柏林女郎！

斯普雷河 ① 的维纳斯，你爱得

———————————

① 斯普雷河：贯穿柏林的一条河。

如此勤奋，如此准时！

梳妆打扮，直到十二点半，

拥抱接吻，将近午夜两点。

一切你都在行，

就连爱的誓约

也有条有理，清爽实在：

活的档案柜！

无论他的胳膊怎么强迫，

你也只敷衍而不献身。

　　　你毕竟是母亲的宝贝，

　　　你啊，柏林女郎！

工作日

你喜欢摆弄针和尺。

星期日

群星闪烁着普鲁士的伤感。

你是否想起男朋友

送的那条鼹鼠皮披肩？

波拉家族闪亮的榜样！

举手投足，风韵优雅。

你会变老。残存风韵

将随着时间逝去。

抛弃上流社会的姿态吧！

你毕竟是母亲的宝贝，

你这个甜蜜的柏林女郎！

1922

致一位小姐

爱神从袋里抽出箭，
射中了我。
你展示出迷人的姿态……
我不得不转守为攻。

"请允许……"你聪明地调情。
你的眼睛默默地审视着胖乎乎的男孩。
整个电影院在你心中栩栩如生，
你从前跳到后，从后跳到前。

在你的眼里一切都是
周六晚上的舞厅乐队。
我听见你要了鳗鱼和黄油面包。
愿上帝保佑你的好胃口！

我领着你逛戏院下饭馆，

穿过爱情王国的乐园。

在汽车上你突然伸给我

你的修剪整齐、小巧玲珑的手。

我穿着宽松的裤子看着你脱去衣服，

一半是贞洁的处女，一半是高贵的夫人，

我让你轻轻地爬上了战场……

你爱得纯正、坚定和普鲁士式的严谨。

然后，我们在黑暗中谈论

办公室的小烦恼。

弧光灯通过百叶窗闪烁……

你必须回家。事情就只能这样。

我知道，我知道。我真想拖延时间。

我知道，柏林的维纳斯如何恢复精力。

但是，再让我爱你

一次

就像爱过的那样。

1922

倾听三分钟!

我想请你们这些劳动者
倾听三分钟!

你们是挥动锤子的,
你们是瘸腿依靠拐杖行走的,
你们是舞文弄墨的,
你们是烧锅炉的,
你们用忠诚的双手
将爱献给了丈夫,
你们是少年和老人:
你们应该暂停三分钟。
我们不是战争的胜利者。
我们要一起来回忆:

第一分钟属于男人。
是谁几年前穿上军装去打仗?

孩子，母亲在家哭泣……

你们是穿军装的炮灰！

你们在战壕里穿梭。

在那里见不到贵族子弟：

他们在后方花天酒地

与女士们上床。

你们辛苦地训练。你们严格地操练。

你们还是上帝的化身吗？

在军营，在岗亭，

你们甚至还不如最肮脏的虱子。

军官是明珠，

你们只是"伙计"！

是一台悲催的射击和敬礼的自动机。

"蠢猪！双手贴紧裤缝！"

伤员可能想蜷曲着身体，

如果来一个王子，你们就必须躺得笔直。

甚至在集体大墓里，你们也是蠢猪：

军官都是独立地躺着！

你们都是死亡的便宜货……

就这样度过了漫长而血腥的四年。

你们还记着吗？

第二分钟属于女人。

是谁在家里熬白了头？

是谁在白天过去之后，

在夜里惊醒哭泣？

是谁整整坚持了四年，

一直排在长长的购物队伍里，

而公主们和她们的丈夫

却应有尽有，无所不有……？

他们给谁写了一封短信，

又有一个人长眠在佛兰德①？

外加一份两张纸的表格……

是谁不得不在这里乞求退休金？

眼泪、抽搐、声嘶力竭的号叫。

他安息了。你们孤身一人。

或者他们把他送回来了，瘸腿挂着拐杖，

回到你们怀抱里的是个残疾人。

这就是这个伟大时代的模样，

漫长的四年……

你们还记着吗？

---

① 佛兰德，位于比利时。第一次世界大战期间，德军与协约国军队曾在此
激战，双方损失惨重。

第三分钟属于年轻人！

他们没有强迫你们穿上制服！

你们过去是自由的！你们现在也是自由的！

你们要关心的是，永远都能这样！

希望寄托在你们的身上。

千百万德国男人和女人信任你们。

你们不应该立正。你们不应该服兵役！

你们应该是自由的！向他们表明！

如果他们来并用手枪威胁你们，

也不要去！他们应该先来接你们！

不要兵役义务！不要士兵！

不要权贵！

不要勋章！不要夹道欢迎！

不要预备役军官！

你们是未来！

    这个国家属于你们！

摆脱束缚你们的枷锁！

只要你们愿意，你们就都是自由的！

实现你们的意愿！再也不参战！

只要你们愿意，胜利与你们同在！

再也不要战争！

1922

你 们

他们今天画的是表现主义

一边画一边争吵，

到底是现实主义，还是立体派……

在我看来，这一切都极其愚蠢。

我把唯一的实物寄给他：

近几年来最美丽的这幅图画！

1922

最后一程

在我去世的这一天——我将不会亲身经历——
中午应该有红色的水果甜羹，
加了厚厚一层白色的奶油……
绝对不会是：最爱吃的菜。

我的孩子鲁道夫从他的鼻眼里
挖出了一些小东西——没有人打他的手指。
他是丧葬厅里唯一面带笑容的人。
我躺在那里，心想："啊，你尽管掏吧！"

然后几个男人把我抬到房子前面。
小卡尔搀着金发女人的手，
是她最后借给我了这个和那个……
她在场：她穿着丧服。

丧葬队列动了起来。所有的女士们，

那些曾经在缺少东西时候来找过我的，
今天都悉数到场……
爸爸坐着轮椅在最前面。

我当初毫无任何经验时亲吻过的第一个女人
坐车离去——朱颜鹤发的女人
坐在后排，戴着一顶小巧的黑帽。
她很老派，但是她很善良。

还有洛特！小洛特带着一个小伙子！
现在已经当了邮递员！我是怎么做到的？
我从来没有见过他。但是无论他走到哪里：
我的邮政支票跟随了整整十六年。

在红色天鹅绒衬垫上，在夹道的队列中，
两名国防军军官庄严地抬着
数枚勋章走过整个城市，
这些都是我们的皇帝以前授予我的。

棺材上有几个银质的男孩雕像，
走在其后的是二十二个妓女……
她们内心运用多种方法在啜泣。

我曾经作为客人感到很舒服。

全体立定！现在可以纵情狂热！
合唱队开始唱歌：我形而上地微笑。
这个漆成黑色的盒子真大啊！
我深深地沉默了。

   我终于摆脱了自己。

       1922

致一个官僚

从前我们彼此一样，

都是德意志帝国的无产者。

同在一个空间，

穿汗水同样浸透的工作服，

同一个车间，同一级工资，

同一位师傅，同一种工作，

同在一个简陋阴暗的厨房吃饭……

　　　　同志，你可曾记得？

但是你远比我机灵，同志。

左右逢源是你的拿手好戏。

我们必须受苦，却不会抱怨，

而你，知道如何表达。

看得懂书籍报刊，

更擅长舞文弄墨。

忠诚对忠诚，我们信任你！

同志，你可曾记得？

如今一切已成过去。

我们只有通过秘书室才能见到你。

你坐在桌子后面吸着大雪茄，

嘲笑街头的煽动者和傻瓜。

你对从前的战友已经毫无兴趣，

到处都有人向你发出邀请。

你喝着白兰地耸耸肩膀，

你代表的是德意志的社会民主主义。

你和全世界和平相处。

漆黑的夜里，你能否听见

一个声音在低声奉劝：

　　"同志，你难道不害臊吗？"

1923

空气的变化

坐上列车飞驰，

飞驰，年轻人，飞驰。

在轮船甲板上

你的头发在飘逸。

潜入陌生的城市，

游走在陌生的街道；

听见陌生人在喊叫，

用陌生的杯子喝酒。

逃离喧嚣，丢掉电话，

埋头钻进旧书，

你瞧，在塞纳河码头，我的孩子，

智慧在默默地出售。

在非洲东奔西跑，

穿越绿洲；
倾听蓝色的大海，
领略寒冷的西北风！

无论你如何穿越世界，
既不歇脚，也不休息：
坐在列车上的是
你。

1924

蒙森公园 ①

这里真美，任梦驰骋。

这里我是人，不仅是公民。

这里我可以左行。在绿茵茵的树下，

没有发布禁令的木牌。

草坪上有一个圆圆的大皮球。

一只鸟拨弄着一片闪光的树叶。

一个男孩在挖鼻孔，

每当挖出了什么，他总是喜气洋洋。

四个美国女人正在核对

导游册是否正确，这里是否长着树，

巴黎的里里外外，

她们什么也不看，但都必须一一过目。

_____

① 蒙森公园：法国巴黎的一个公园。

孩子们在五彩的石头上欢叫。
太阳照在房子上闪耀。
我静静地坐着晒太阳
消除我的祖国带给我的疲劳。

1924

战后的祈祷

低头祈祷吧！

主啊，我们这些早已腐朽的尸骨
再一次爬出石灰坑。
我们在你面前祈祷，不愿永远沉默。
主啊，我们想问：
　　　　这是为什么？

我们为什么献出了满腔热血？
我们的国王一家六口仍然活着。
我们曾经相信……我们实在愚蠢！
是他们把我们灌醉……
　　　　这是为什么？

一人在战地医院号叫了六个月，
只有干蔬菜，还有两名军医照顾他。

一人双目失明，偷偷吸食鸦片。

我们三人总共只有一条胳膊……

这是为什么？

我们失去了信仰、战争、生命和一切。

他们驱赶我们就像电影中的罗马斗士。

我们拥有最好的观众，

但是他们不肯一起赴死……

这是为什么？为什么？

主啊！

假如你真像我们了解的那样，

就请从布满星辰的天上下凡！

亲自来到人间或者遣来你的儿子。

撕下旗帜、钢盔、勋章

这些装饰！

告诉地球上的国家，我们如何受苦受难，

饥饿、虱子、榴霰弹和谎言早已把我们的身躯

撕碎！

战地牧师已经以你的名义把我们送进坟墓。

请你声明，他们是在骗人！你会允许对你这么

说吗？

把我们赶回坟墓去吧，但是，请先回答。

只要还有可能，我们还要跪在你的面前

    ——但是请借给我们你的耳朵！

如果我们的死并非毫无意义，

就请保佑不再像 1914 年。

请把这些告诉人们！让他们开小差！

我们站在你的面前：一队死魂灵

我们还会再去找你，向你祈祷。

   解散！

        1924

疑　惑

我上错了船。

我们的所作所为，

我们在报纸上写的一切，

都是不对的。单词和概念。

地动山摇。为什么？为了什么？

艺术。不是艺术。急匆匆地穿过许多房间。

那里绝对不是终点。

你撞上的，永远总是一扇新的门。

没有返回的路。

我可以抵抗并在抵抗中成长。

我的所有的梦里都在发出一个声音：

不要再继续。

新的社会阶层过得有多好。

他们相信。在痛苦中相信。

所有人的勇敢的心里都在发出一个声音：

不要再继续。

这就结束了吗？我默默地等待。

那些在下面唱歌的人是什么人？

任何人都无法跳出自己所处的时代。

我多么羡慕那些根本就没有奋斗过的人啊。

他们过得很好。

　　　　他们太愚蠢了。

　　　　　　　　　　1925

安静与秩序

如果上百万人工作，却无以为生，
如果母亲喂给孩子的只有掺水的牛奶，
　　　　　这是秩序。
如果矿工们高喊："让我们见见光！
偷工减料的人，必须上法庭！"
　　　　　这是不守秩序。

如果得了肺结核还在车床前奔忙，
如果十三岁就当兵睡在军营，
　　　　　这是秩序。
如果有人高声呼喊，
因为他想为自己的晚年有所保障，
　　　　　这是不守秩序。

如果富人的继承人在瑞士的雪中
欢呼，或者在科莫湖畔消夏，

这是安静。

如果事情有可能发生变化，出现风险，

如果禁止买卖土地，

这是不守秩序。

重要的是：不要听饥饿的人怎么说。

重要的是：不要妨碍街景。

只是不要喊叫。

随着时间的推移都会好的。

一切都会给你们带来进化。

这是你们的国民代表的发现。

到那时你们都已经死了？

因此，在你们的坟墓上将会刻上：

他们一直都很安静，很守秩序。

1925

朋友之妻

朋友之妻破坏了友谊。
她先是腼腆地占领了朋友的一部分，
在他心里筑巢起窝，
等待，
观察，并且貌似加入了丈夫的朋友联盟。

朋友的这一部分从来不属于我们……
我们毫无察觉。
但是很快就发生了变化：
她攻占了一侧厢房，又攻占了一侧厢房，
侵入越来越深，
迅速独占了我们的朋友。

我们的朋友变了，他似乎为他的友谊感到羞耻。
正像他过去在我们面前为爱情感到羞耻一样，
如今他在她的面前为友谊感到羞耻。

他不再是我们中的一员，

她也不再站在我们之间——她把他彻底夺走了。

他不再是我们的朋友，

而只是她的丈夫。

留下的是一丝轻微伤害的感情。

我们伤心地望着他渐渐远去。

床上的人永远是对的。

1925

与合唱队的独白

我如此疲惫，就像脱了一层皮。

我不喜欢其他人，他们让我痛苦。

如果我看见了陌生人，

立刻就会逃走——他们粗鲁，他们喧闹！

我如此疲惫，就像脱了一层皮！

（失业者合唱队）这可真有意思，蒂格尔先生！

我幸福地沉浸在美之中。

美即孤独。一个静静的早晨

在露水未干的花园，独自一人，无忧无虑，

一堵灰色石砌高墙在绿叶中闪亮。

我幸福地沉浸在美之中……

（无产者的母亲合唱队）我们不知道，什么更能

打动我们的心，蒂格尔先生！

我低声细语，独自吟诗。

细致分析灵魂之间的联系，

用心理分析描绘每一个人，

将最终的意义置于细微的差别之中……

（结核病人合唱队）您不相信这对我们意味着什么，蒂格尔先生！

我低声细语，独自吟诗……

（三支合唱队）我们没有时间观察细微的差别！

我们不得不在散发着霉味的洞穴和煤气管里过夜，

我们没有兴致继续等待，永远等待。

我们的苦难造就了你的孤独、你的平静和你的花园！

我们——失业者，枯萎的母亲，结核病人

要摆脱你们的污垢，搬进我们的新居！

我们也唱着一支歌，它不是那么婉转悠扬。

这并不重要。请张开耳朵听着吧：

民众，听着信号，

进行最后的斗争！

英特纳雄耐尔

争取做人的权利！

1925

感　觉

您有过这种感觉吗："已经看过"？^①

当您清晨

旅途中，在一个陌生的地方

离开小小的旅店平台，

其他人都还在看报纸。

您从来没有来过这个村庄。

一只母鸡咯咯叫，一把梯子立在那儿，

您不知该往哪儿走，

就问了一个戴着宽檐草帽的农妇……

突然间，你产生了一种感觉

就像轻轻飘然而去的记忆：

　　　　这一切我也曾经经历过。

———————

① 原文为法语：déjà vu。

您有过在旅店的感觉吗？

您坐在屋里。房间里很凉爽。

茶是热的。一排排的书籍

微弱地闪烁。这是您的亚麻毛巾，

您的茶杯，您的王冠——

您很清楚，您住在这里。

有您的孩子，您的老婆，好心的人——

突然间，你产生了陌生的感觉：

      这一切都不属于我……

      我只是暂时在这里。

您有过……这很难说。

不是饥饿的感觉。不是饥肠辘辘。

您刚刚吃完早餐。

你被准许工作，为了他人的利益，

为了给自己买面包

为了再进办公室。

并非饥饿。

      但是一种深沉的饥饿

向往一切美好的东西：不是总在游手好闲

好好睡一觉，也能去旅行，

乐于看到自己成为多余的。

不再只是日复一日的工作，

再多一点，再远一点……

拥有他的收入，年复一年……?

这一切都小了一个尺码。

对色彩的饥饿，对遥远世界的饥饿——

简而言之：流行的感觉。

一个古老而邪恶的故事。

但是不要为此写诗。

1925

镜　子

这是所有女人最深处的本性：

沉入自己的肖像，

在镜子里自我欣赏和思考：

我是什么样，我给人的印象，我可以相信

自己——

我想送给你一面小镜子。

你应该迅速妩媚地照照自己；

迅速瞥上一眼，用你那双蓝色的、快乐的、充满

渴望的眼睛！

你完全不一样了，但又出现了一次。

你的镜像向你致意——它可能和你完全不

一样——

右边的，到了左边——然而，光芒依旧

如此可爱的线条、容貌、特征……

你是我自己的肖像，你不应该逊色：

因为你就是我，只不过完全不一样，又出现了
一次。

1932

蒙娜丽莎为什么微笑……

蒙娜丽莎为什么微笑，

因为她

服用了

希特金森 ① 助消化药丸

于是

一劳永逸地

摆脱了令人厌烦的便秘！

您愿意

也微笑一下吗？

然后……

（美国的广告）

1920

① 爱特金森（Atkinsons）是一种品牌。作者玩文字游戏，改成 Hitkinsons，
借以讽刺希特勒（全名是 Adolf Hitler）。

雇　员

办公室里的每一个座位

都有上百人在等待；

接受任何条件，无论何时何地

今天就可以，今天，今天。

　　　　　　他们在里面卖力干活

　　　　　　像牛像马，

他们听见了老板的脚步声。

他们低声抱怨，老板就这样嘲弄：

　　　　　　"您要是觉得不合适，请便吧！"

喂，顺从吧。别大声发牢骚！

老板付钱不是让你来开心的！

闭上嘴，不然你就会被炒鱿鱼，

那你就得上大街了。

　　　　　　仅仅八小时吗？

　　　　　　几点钟了？

这是我们这里的习惯：

盘货一直到夜里十点……

　　　　　"您要是觉得不合适，请便吧！"

由于你们的过错。

　　　　　你们从来都没有统一意见

从来都没有团结一致。

哭诉哀求不可能清扫涤荡

工业界和证券交易所。

　　　　你们要做点什么，

　　　　　然后才会有结果。

　　　　　时机成熟，

　　　　这就是你们的时机，

用力一跺脚，

以迅雷不及掩耳之势

大吼一声：

　　　　　"您要是觉得不合适，请便吧！"

　　　　　　　　1926

战　壕

母亲，你为何把儿子养大？

为何操心费神二十年？

他为何扑进你的怀抱？

你可曾轻声向他诉说？

　　他们把他从你身边夺走，

　　　送进了战壕，母亲，送进了战壕！

年轻人，你是否还记得父亲？

他常常把你抱在怀里，

他想给你一毛钱，

和你玩过强盗和宪兵的游戏。

　　他们把他从你身边夺走，

　　　送进了战壕，年轻人，送进了战壕！

对面是法国同志，

紧挨英国工人躺着。

大家都流尽了最后一滴血，

如今浑身枪眼一个挨一个地安息。

老年人，成年人，半大的孩子

同在一个巨大的集体墓穴里。

不要为勋章和流苏自豪！

不要为伤疤和时代骄傲！

把你们送进战壕的是贵族，

政客和工厂主。

你们是乌鸦最好的食物，

你们最适合坟墓，战友们，最适合战壕！

扔掉旗帜吧！

军乐队

为你们奏响死亡舞曲。

你们去了，得到的是一个不朽的花环——

这就是祖国的感谢。

想想临死前的喘息和呻吟。

对面站着父亲们，母亲们，儿子们，

他们像你们一样为了生存而辛苦劳累。

你们不想同他们握手相聚吗？

兄弟的手远远胜过最美的礼物

越过战壕，朋友们，越过战壕！

1926

无衣可穿

我在挂满衣服的柜子前
已经站了半个钟头。
今天下午该穿什么？

每一件衣服都会引起一段回忆……
　　　　让我想起一个男人。

穿着这套运动服，我骑过小马驹。
穿着这条棕色裙子，约尼和我亲吻。
这一件是我那天晚上穿的，
埃里希揪住了大夫的衣领，
因为无礼……
　　　　这条裙子上留下了
见习法官当年洒下酱汁的痕迹
事后他向我证明清醒而冷静，
根据德国《民法典》，这是不可抗力。

蠢货一个。

穿着这一件……我真想忘掉它……

我和乔坐在汽车里……

穿着这一件，弗里茨向我求过婚，

可惜，我却嘲笑了他一通。

这一件我可再也不愿多看一眼：

穿着它我被迫出席了那场无聊的首演。

这里是什么？还一直挂在柜子里？

香槟酒没有留下斑痕吗？啊，谢天谢地！

这件外套——对此我早就兴趣全无——

已被他们在六天的自行车比赛中撕破！

我在挂满衣服的柜子前，

足足站了半个钟头：

全柏林最最赤裸的姑娘。

如你所见：

　　　我无衣可穿！

1926

香　颂

那是一个国家——一个很小很小的国家——

它的名字叫日本。

房子小巧，海滩纤细，

小人国的女人妩媚秀丽。

树长得就像五月的洋花萝卜，

宝塔的尖顶只有鸡蛋那么高。

丘陵和山脉

矮小如侏儒。

细巧轻柔的身影在苔藓中奔走，

我想知道：这究竟是为什么？

欧洲的一切都如此之大，如此之大，

日本的一切都如此之小！

那里坐着一个艺伎。她的头发像漆一样闪亮。

玫瑰发出淡淡的香气。

阳光灿烂的日子里，

年轻健壮的水手与她闲聊。

他向这个天生丽质的孩子诉说，
他的同胞长得如何如何高大。
街道和厅堂
雄伟壮观！
瞧，矮小的女人感到无比惊讶
她在想：这怎么可能呢？
欧洲的一切都如此之大，如此之大，
日本的一切都如此之小！

这里有一片森林——一片很小很小的森林——
傍晚，暮色降临，
请听！鸟儿的啾啾声渐渐减弱……
艺伎和水手已经消失。
西方——东方——嘴对着嘴——
这是怎样一种自然的民族联盟！
鸽子在咕咕地叫，
燕子在唧唧地唱。
一个艺伎抚摸着苔藓，
眼里闪着一道火焰，一道光芒……
欧洲的一切都如此之大，如此之大，
日本的一切都如此之小！

1926

会 员

我加入了协会，
是应一位老朋友的请求。
　　从前我是孤单一人。
如今我成了会员、战友、同事……
我插在扣眼里的这根小小的绸带，
　　就是协会。

我们有一位董事会主席
一位出纳和几位负责人
　　除此之外
还有少数反对派
的激烈争吵，然而反对派
　　将在协会里撞得破血流。

三周前我当选为管理顾问。
我无意自我吹嘘

也没有想入非非……
然而知道这些，毕竟感觉良好：
他们不能没有我
　　在我的协会里。

在外面我只是一个可怜虫。
在这里我就是我，一个男子汉，一个联盟大哥
　　在整齐的队列中。
在我们头顶上悬浮着协会章程。
晚上的一个个钟头流逝之快，就像一分钟
　　在我的协会里。

在协会里我才真正清醒。
我看不起那些没有入会的人，
　　他们能够有何作为？
我们勇敢高举的旗帜骄傲地飘扬。
您尽管把我称为"傻瓜"，
　我绝不会为此自卫，
　　但是不允许侮辱我这个会员！
　　　愿我们德意志的集体自豪感更高！
　　　　斯托尔茨-施赖 ① 万岁！自由！好球！

---

① 斯托尔茨-施赖：一种德语速记方法，以德国速记发明家维·斯托尔茨
（1898—1967）和费·施赖（1850—1938）的姓氏命名。

　　　　我生活在这里

　　将来也要埋葬在这里

　　在我的协会里。

　　　　　　　　　　1926

农作物

我沉思着穿过

屋后静谧的花园。

煮汤的香草，足有上百种，

农家的鲜花，汇成五彩的花束。

　　香菜和番茄，

　　一排菜豆，

　　非常特别的

　　是深受欢迎的芹菜。

这儿是什么？一小块草坪？

地里静静地长着

毫不起眼的洋花萝卜：

　　　　　外红内白。

我沉思着穿过

德国政治的花园。

在共和国的堆肥里，

煮汤的蔬菜，应有尽有。

　　官僚、眼镜、穿裙子的，

　　议会程序……

这儿是什么？固执得可爱

　　善良的社会民主党。

赫尔曼·米勒①，希尔费定②

绽放得如此和善，愚蠢而安静

就像毫不起眼的洋花萝卜：

　　　　外红内白。

1926

---

① 赫尔曼·米勒（1876—1931），德国政治家，曾任魏玛共和国外交部长、
　　总理等职。
② 希尔费定（1877—1941），德国政治家，曾任魏玛共和国财政部长。

最坏的敌人

——献给恩斯特·托勒尔 ①

工人们最坏的敌人

不是士兵，

也不是市议员，

既非矿主，亦非主教。

工人们最坏的敌人狡黠、卑微，

站在工人的行列中。

他能言善辩，

曾经读过马克思，

自以为了不起

是某种更高级的生物。

他总是比别人高出一点点

从工人的行列中。

——————

① 恩斯特·托勒尔（1893—1939），德国作家。

他对阶级斗争失去了兴趣，
再也不愿闹革命；
他对罢工畏葸不前
惧怕敌人的枪弹。
　　他一心只想钻进帝国议会
　　从工人的行列中。

只要政府官员拍着
他的肩膀说"喂，亲爱的……"
他立刻就忘了整个无产阶级——
这就是最坏的敌人。
　　任何地主也不像他这么卑鄙
　　在工人的行列中。

当心！
　　你们的敌人就站在这里，
已经出卖了你们一百次！
民族主义者和民主主义者
一致赞扬这个工贼。
　　自由？拯救？晚安。
　　你们已经失去了痛苦的果实。

这意味着如果依靠工人行列中的敌人，
你们永远不可能获得自由。

1926

老民歌

我应该感谢谁？
——告诉我，我的小心肝，告诉我——
谁束缚了思想？
谁给自由设置了栅栏？
谁是那个听话的人？

少尉，长得高挑细长，
——告诉我，我的小心肝，告诉我——
是德国国防军？是他们在萨克森
和图宾根，将流血事件
变成不可能？

是这个总编辑？
——告诉我，我的小心肝，告诉我——

是他面对黑红金色 ① 的争议者

一个有教养的长期的同行者

还从来没有赢得过一次战斗吗?

这是一个德国法官

——告诉我,我的小心肝,告诉我——

他把这伙红色匪徒

关进了牢房,然后说:

"不存在阶级司法 ②。"

人都看见了,我的小心肝,人都看见了。

因为这些更明事理的人,

他们睡在稻草枕头上;

这些追求光明的人,

他们站在铁杆栅栏里;

这些渴望自由的人,

他们再也不可能反抗。

我们的法官挣多少钱?

————————

① 德国国旗是黑红金三种颜色。
② 指只为上层社会利益服务的司法。

——告诉我，我的小心肝，告诉我——

法律条款真好！

法律条款真棒！

我们已经知道：

  每年好几百个金币，我的小心肝——

  我们的爱。

信任。

还有养老金。

1926

致我的儿子

等你长大了，莱奥波德，
你要周游德国普鲁士，
黑红金的旗帜
高高挂在普鲁士的上空迎风飘扬。
你站在一个眺望点，
你的祖国就在你的面前：

最上面正襟危坐的是有钱阶层，
他们拥有煤炭、钢铁和甜菜；
他们引导德意志世界的进程，
他们让军队积极训练。
　　　眼睛朝前看！

身穿礼服的复仇军团
服从地等待着他们的指示：
向右翼祝福，向左翼发怒，

这就是他们在课堂里学到的。

以人民的名义！

国民议会夸夸其谈，亲爱的上帝！

你听见上了年纪的布莱特塞德①的讲话了吗？

他充满讽刺和嘲讽——

最后他们还是批准了所有的预算。

在一切权力之下

我的儿子莱奥波德，你要能够

一辈子闭紧嘴巴——

因为从属关系。

所以全都是共和党人，

全都是共和党人！

你想知道，你要感谢谁

这个充斥着势利小人的王国：

不要哭肿了你的小眼睛——

你步行去德国的坟墓。

每一个墓前都有一个纪念碑：

---

① 鲁道夫·布莱特塞德（1874—1944），德国左翼政治家。

躺在那里的人，在我那个时代
因为害怕人民背叛了
自己的目标——策略上如此机灵！
真聪明啊！简直就是滑头鬼。

他们在变革中已经筋疲力尽
忧心忡忡地坐在长椅上。
个性在他们身上少之又少……
在每个墓上放一个花圈
然后轻声轻气地说一句：

      谢谢。

1926

理　想

是的，这是你想要的：

绿树丛中的一栋有大平台的别墅，

面朝波罗的海，背靠腓特烈大街；

景色优美，田园风情，

从浴室可以看见楚格峰 ①，

晚上去电影院，路途也不远。

一切都朴实无华，简单低调：

九个房间，不，最好十个房间！

有一个屋顶花园，上面种了几棵橡树，

收音机，空调，中央供暖，

一批仆人，受过良好培训且默默无声，

一个甜美的女人，性格奔放，风情万种，

———————————

① 位于德国南部，是德国最高山峰。

还有一个女人是为了周末，留作备用，
一间书房，配套齐全
寂静无声，蜜蜂嗡嗡。

马厩里：两匹矮种马，四匹纯种马，
八辆小轿车，一辆摩托车——
当然都是自动驾驶——否则岂非可笑！
时不时你还要外出打猎。

对啦，我差点忘了：
精致的厨房，一流的餐食，
漂亮的酒杯，装满陈年老酒，
尽管如此，你始终苗条得像一条鳗鱼。
有钱。珠宝也有一大堆。
还有一百万，再加一百万。
到处旅行。幸福多彩的生活。
出类拔萃的孩子。永久健康。

是的，这是你想要的！

但是，现实生活是这样的：
有的时候似乎已经命中注定

尘世的幸福，都是一点一点的。

你总是缺少一小块。

你有钱，却没有女人；

你有女人，却没有钱。

你看艺伎表演，扇子却挡住你的视线。

我们有时没有酒，我们有时缺少酒杯。

总会有缺憾。

　　　　　安慰你自己吧。

任何幸福都有小小的缺憾。

我们想要的如此之多：拥有。存在。有价值。

一个人拥有一切：

　　　　　这种情况很罕见。

　　　　　　　1927

孔　雀

我是一只孔雀。
　　　白色的翅膀
捕捉着闪烁跳跃的阳光。
所有经过这里的女人，
用目光爱抚着银色的光。

我知道我长得美，
　　　常常任性地
竖起头上的羽毛……
我是所有开屏孔雀中最白的，
昂贵，稀少，有一点儿紧张。

可惜我的爪子太大，
当我飞翔时，看上去有点凄凉。
谁要是爱上了我，我准会让他喜欢，
全世界都站在鸟舍之前。

我不算聪明。智慧并不属于每一个人，

我的大脑里没有多少东西。

我想讨人喜欢——永远只想取悦他人——

我是一只美丽的孔雀。我不需要大脑。

我只是不允许放开歌喉。

普通的叫声实在也没法看——正如我的肖像

所示。

我是一只孔雀。

告诉你们一个美好的信条：

愚蠢而又美丽的，请坐下吧。获得胜利。保持

沉默。

1927

蒙娜·丽莎的微笑

我无法将目光从你身上移开。
你的像挂在你服役的丈夫之上
双手温柔地交叠
　　　你在冷笑。

你和比萨斜塔一样著名，
你的微笑很讽刺。
是啊……蒙娜·丽莎为何而笑？
她是在嘲笑我们？
还是由于我们，不顾我们，和我们一起或者反对
我们？
　　　或是其他原因？

你默默地教我们该做什么。
你的像，亲爱的，向我们表明：
　　　谁要是对这个世界看得多了，

就会微笑着，把双手放在肚子上，保持沉默。

1928

纪念西格弗里德·雅各布松 [①]

世界面目全非，令人难以置信。

不可能如此。

一个深沉的声音轻轻地说道：

"我们是孤独的。"

没有战斗的日子，那不是美好的日子。

你敢于战斗。

人人都感觉到，却没人愿意说出来；

是你说了出来。

我们中的每个人都是你的客人，

让你感到快乐。

我们为你送去一切，

---

① 西格弗里德·雅各布松（1881—1926），德国作家、《世界论坛》杂志创始人。

你愿意开怀大笑。

从来不会慷慨激昂，任何时候

　　也没有一丝一毫。

你是柏林人，却对纪念庆典

　　毫无兴趣。

我们走着你的路，因为这是我们的必须。

　　你安睡在梦中。

你给我带来了第一次痛苦。

　　且很痛很苦。

你在默默地鼓励、照料、微笑。

　　如果我可以做点什么：

那么一切都是为了你。

　　请你接受吧。

　　　　　　　　　　　　　　1926

献给马克西姆·高尔基

俄国的喉舌！

你为沉默者说话，

他们只能挥臂招手……

高墙扼杀了他们的呼喊，

宪兵堵住了他们的嘴巴。

他们倒下时，滚筒叮当响……

你为他们说了话。

他们去了西伯利亚，

而虚伪的同志在杜马①里自以为是

就像所有虚伪的同志今天在欧洲的议会里

一样……

他们哭泣过，在没有人看见的时候，

他们抱怨过，在没有人倾听的时候，

———————————

① 杜马：1905 年至 1917 年沙皇俄国的议会。

你为他们说了话。

俄国矗立在那里，
它的大脑名字叫列宁。
你，马克西姆·高尔基，是它的心脏。

1928

窗边情侣

这是一个星期天的上午，
我们倚在窗边，
兴致勃勃又略感疲乏
望着街道。

 阳光普照。生命如梭。
 一只小狗，一个胖娃娃……
 我们找到了彼此
 为了数天、数周、数月
  也为了几个小时——几个小时。

我，男人，什么也不想。
今天我可以待在家里，
不用去办公室——
……但必须给税务局写信……

 几点钟了？我不知道，
 她对我就像是妻子，

我对她充满激情，

为了数天、数周、数月

　　也为了几个小时——几个小时

我，女人，愿意和他在一起。

结婚的事从未提过。

但总有一天我要

将他彻底征服。

　　旁边阳台上的胖女人

　　给她的孩子一块糖果

　　逗着她的几只狗……

　　有一天我的生活也应该如此——

　　　　不仅仅是为了几个小时——几个小时。

一股电流穿过我们的全身，

我们经历的还只是一次冒险。

有一天我们会分手，

另一个女人会出现……或者另一个男人……

　　也许我们俩会永远在一起；

　　那时巨大的火焰将会熄灭，

　　昔日的爱情变成了习惯。

　　仅仅在难得的几秒钟里

闪现着记忆的火花，回想起美好的那一年，

回想起那几个小时——幸福的时光。

1928

当刺猬在傍晚时分

——男子八声部合唱

当刺猬在傍晚时分

静静地寻找老鼠，

我也陶醉在你的嘴角，

一切都是为了我……

　　　安娜-露易丝!

你爸爸是勇敢的测量专家，

养了两只金丝雀;

星期六他总喜欢

喝着比尔森啤酒去歌咏协会……

　　　安娜-露易丝!

我问："你是否即将成为我的妻子?"

你怀着甜甜的梦

向往着绿色的未来，

你有自己的想法……
　　安娜-露易丝!

你在树林里把自己献给了我
一来一往,
你怀着德意志的自豪问我,
是否参加过战争……
　　安娜-露易丝!

啊,我欺骗了你!
我说,我真该获得一枚铁十字勋章,
应征时是二等兵,
回家时已荣升上尉……
　　安娜-露易丝!

我们站在花楸树下,
王储曾经在此栽花种树,
你的衣衫窸窸窣窣,
你抚平身上的短裙,
　　安娜-露易丝!

你从未想过要迁往别处。

你是否看见那里升起的第一批星星？

感谢所有难忘的时光。

期待着重逢！

　　安娜-露易丝！

这是人间最美丽的广场，

这是海德堡、维也纳、莱茵河畔，悄无一人。

没有人像你一样吹过长笛⋯⋯

保重！保重！

　　安娜-露易丝！

　　　　　　　　　　　　　　1928

她睡着

清晨，在最后一丝睡梦里，
请带我一程……
在你的梦舟上滑行是多么幸福。
时钟迈着无情的脚步……
　　嘀嗒嘀嗒……

"她和他睡"是一句美好的话。
黑暗在睡梦中汇合。
二人世界也是无人境界。小小的火焰在噼啪
作响，
你的呼吸把火焰吹得更旺。
我来自人间。我再也不愿回到人间……
此时，当你不在人间的时候，你完全属于我。
清晨，在最后一丝睡梦中，
我可以与你相伴。

1928

萨摩亚的姑娘

我是萨摩亚 ① 的姑娘。

围着短裙，戴着项链，

森林的动物嫉妒我们的美丽，

我们像它们一样自由。

但是陌生的白人闯入我们的国家

夺走了我们的神祇和田地……

他们给我们带来了什么？

他们的传教士带给我们迷信和祈祷，

他们的商人带给我们威士忌、印织花布和
铁器……

自从我们认识了它，就一直需要它，

他们的士兵带给我们一种杀戮的新方式，

他们的男人带给我们梅毒连同几件礼物。

_____

① 萨摩亚：即太平洋中的萨摩亚群岛。

这就是他们给我们带来的东西。

在我深凹的眼睛里还留着大自然的美,

文明的短裙过于肥大,在我的腿边晃荡,

等着吧,我还不够丰满。

总有一天我们将用欧洲的礼物反抗剥削者,

我们要用棕色的手来操纵电报机和汽车。

总有一天我们,棕色的和黄色的工人,为了我们

自己的生活而战斗:

总有一天,五大洲都将获得自由!

一声呼喊飞越整个世界,这是一种渴望……

从艰苦劳作的胸腔发出一声呼喊:

全世界无产者联合起来!

1928

老　人

一个老人始终是一个陌生人。

他谈论的是从前的时光，

死人和早已逝去的往事……

　　　我们想："这与我们有何相干？"

他是我们这个时间小村的匆匆过客，

出生在完全不同的国度，

那里有完全不同的人和衣装，

　　　对此你毫无所知。

他认为周围的一切

就是整个世界，他的精神在驰骋。

如果他想到爱情，想起的是

　　　那些早已逝去的爱。

在我们眼里他不是英雄。

一个老英雄也就是一个老人。

岁月将我们隔开！

经验也徒劳无益。人们奋力奔跑。

    每个人都要为自己从头开始。

对我们来说他不知身在何处。

他没有自己的时间国度，没有家人，

他不会说我们的语言，行为也很奇怪……

当我们有一天也老了，上了岁数：

    我们也会是这样。

                   1928

夫妻争吵

"就是！"

"不是！"

"怪谁？怪你！"

"岂有此理？让我安静一会儿！"

"是你建议的克拉拉姨妈！

是你一向独断专行！

是你满肚子馊主意！

是你只想让我挣钱挣钱挣钱！

是你从来不听我的好言相劝……

怪谁？怪你！"

"不是。"

"就是。"

"是谁不让孩子滑雪橇？

是谁成天责备孩子成绩不好？

是谁让我又缝又补还得熨衣服？

是谁又觉得床不合适？

是谁从头到脚让别人伺候着？

是谁就知道围着金发女人转？

是你！"

"不是。"

"就是。"

"这我向谁去说……

　　　谁又会相信我！"

"还有……"

　　　"还有……"

　　　　　"还有……"

你们所说的并非你们所想，

你们并不知道是什么让你们心烦。

婚姻的致命弱点究竟是什么？

相处太久，相距太近。

人都是孤独的，需要寻求他人。

尽管跌跌撞撞，仍想继续向前……

最后仍然会留下……听天由命……

这就是婚姻。你们对婚姻厌倦了吗？

请不要争吵，也无须和解，
摆出一副友好的姿态
当你们单独相处时
最好以此替代恶言争吵。

别吵了，静一静吧，善良的人！
岁月把你们相连，纵然不尽人意。
两人朝夕相处确实不易，
但更难的是一个人形影相对。

1928

隔　壁

隔壁房间发出窸窸窣窣的声音
三楼 310 房间。
我看见一束黄色的微光，
我只能听见声音，但什么也看不见。

　　　是一个女人在笑？是一个男人在说？
　　　我屏住呼吸……
　　　是两个人吗？他们在说什么？
　　　我听到时钟的嘀嗒和脉搏的跳动声……
　　　　　耳朵贴在墙上。我听到了什么
　　　　　　从隔壁？

床在吱呀吱呀？枕头沙沙作响？
是我的呼吸声还是
他们的声音……我想知道一切！
上帝啊，请送来一个声音放大器！

　　　一声呻吟；我不知道……

我吸食着陌生的欲望；

我真嫉妒他们

因为那个第三者，在他们俩之上，

　　她和他都不会感觉到这个第三者……

"玛丽！"

　　东西破裂。

　　　只有一个收拾房间的女孩在隔壁。

我小时候被邀请去过的地方：

只有外面的东西才好吃，

在别人那里你看到的是外墙，

听到的只是音乐和欲望的呻吟。

　　我也是！我也是！手伸向

　　一片并不存在的土地：

　　是的，在那里——闪烁着温暖的灯光。

　　是的，那里是故乡，那里是幸福。

　　在每一条街上你总是

　　把你的一小块心脏留在了那里。

　　绝不应该诅咒自己的弱点；

　　永远都必须寻找刺敌一剑的时机。

　　是的，在那里我可以安静地写作！

　　是的，在这里！我想永远留在这里，

在我们站立的这道风景中，

我再也不想回家。

只有从未拥有过的东西才是美好的。

旅行是快乐的，糟糕的是在此逗留。

永恒的流浪者

为了隔壁的一个小房间。

1928

你的世界

漫步前行！要和工程师们交往！
作为编辑听任检察官的询问！
接受势利小人的邀请，他们低声细语
在自命不凡的外交官中间穿行，特别是他们来自
多个小国家！
　　逃离家庭！在社交阶梯上滑上滑下——
　　一切都在二百人之内进行。

住在靠近威悉河、奥德河、维斯瓦河、易北河的
地方，
你的社交圈子总是这些人。
出行和受难，也总是这些同志，
就像别人的花园与你的花园总是用栅栏隔开
一样。
　　朋友是缘分，但又不能太少。
　　一切都在二百人之内进行。

去美国！谁站在旅店的男士洗手间里？

罗森菲尔德。他说："您在曼哈顿干什么？"

逃逸到因纽特人那里去，逃入冰雪大世界：

这个穿毛皮大衣的胖子一定是你们班里的孩子。

　　环游世界，走遍天涯海角——

　　一切都在二百人之内进行。

我们的世界很小。这你必须知道：

各个社会阶层和各种民族，仅仅是你的生活的

背景；

你知道，他们是这样。但是不要感到惊奇：

你只是生活在你那两百人之中。

你也听见外国和五大洲在回响：

你根本就不可能跳出你的圈子！

　　从他们为你涂脂抹粉的时候起，直到进入租

来的坟墓

　　一切的一切都在两百人之内进行。

1928

大众·人

我是大众。

　　　　我谁都不是但又是所有人。

我自以为是，隐约感到我需要什么。

我要是绷紧全身，

我内心个人的事情就会变得沉默。

　　　只有一声呼喊：

　　　"统治，大不列颠！"①

在我的心里潜藏着职员和工厂主，

国民学校教师和足球俱乐部总裁；

所有的人带着相同的紧张的表情

目视前方——大家只有

　　　一副躯体，一个心脏，一种唯一的民主：

　　　"前进，祖国儿女，快奋起！"②

————————

① 原文为英语，这是英国作曲家托马斯·阿内（Thomas Arne, 1710—1778）的名曲，被作为英国非正式的国歌。

② 原文为法语，法国《马赛曲》的第一句词。

十万个意志在我心中——

但是我比十万还要更多。

我有一千个面孔，却没有一张脸。

我的脸就是城市，当我呼喊怒吼

穿过大街小巷，一人对一人，

　　一直逼到房前屋角……

　　"德国高于一切！"①

我是大众。

　　　　　我谁都不是但又是所有人。

你隐藏在我的身上。我是一个野蛮人，

一个反复无常的孩子。

我今天想要的，我明天就会忘记。

　　　　我在坠落，

他们四处奔逃，像风中的树叶。

　　人们可能会欺骗我。但是只能迷惑一次……

　　我代表了民众的力量。

　　你应该听我的。

1928

————————

① 原文为德语，霍夫曼·封·法勒斯雷本（1798—1874）创作的《德国人之歌》里的词句，曾经被作为德国国歌歌词咏唱。

哈　啰！

站在空荡荡集市广场的

是你⋯⋯

独自一人。

房子上飘着各不相同的旗帜。

屋顶是黑压压的人群，

一排密集的长蛇队紧围着广场。

每一幢房子里都传出咆哮、军乐、管风琴的狂呼

乱叫。

突然

所有的人都抬起胳膊，指着你，

成千上万伸直的食指，指着你，

发出一声呼喊：

哈啰！

他们要你干什么？

你干了什么？

你应该干什么？

你根本就没有这么伟大，

你根本就没有这么显赫，

你根本就没有这么重要……

你应该走进这里的一幢房子，

哪一幢对他们无关紧要，

但你得进一幢，

因此他们高喊：

哈啰！

这是天主教之家，

威严的未婚男子把持着，化了装，手里捧着一
本书，

有些人聪明，

许多人机敏，

所有的人狡猾。

他们需要你，

他们需要自己

而忘记他。

他们传播一种真理，

他们了解大家的心。

他们为所有的人制定规则：
形而上学的杂货店。
这里也有永恒不变的东西，
一个毫无光泽的
十字架威胁着男性生殖器：
切勿入内。

哈啰！

这是民族之家。
顽固的统治者们把持着
化了装，手里握着一把大马士革剑，
但是他们喷射气体。
墙上挂着中世纪的角斗图，
旗帜在壁炉上方飘扬——
但是他们喷射气体。
他们不知道为什么要这么做，
他们必须这么做。
他们的天性叫喊着要吃人肉，
要求美妙的让男人激动的权力，
女人正是这样爱他，
他也正是这样爱女人。

他们的内心一无所有，
因此他们想跳出自我……
但愿能够跳出自我
就像出生和死亡的时候！
掌管死神的官员：
切勿入内。

哈啰！

这是高贵者之家。
他们从晚上六点开始玩起，
对立哲学，
戏剧首演，
交响乐，
绘画，
魅力，
风格，
逝者的诗文，
生者的笑话……
你在他们这里可以做一切，
只要没有任何契约，
一切，只有一件不行：

不能干扰生意，

此乃生活之严峻

在这里：

靠别人的汗水挣钱，

在别人驯服的背上统治，

借别人的金钱为生……

酒足饭饱之后

他们预订了一个滑稽小丑：

艺术家。

切勿入内。

哈啰!

这里是俄国之家。

你不熟悉这里。

但你是否已经成熟，可以进入这幢房子?

你的指责是：

他们的教义僵化，

他们的狂热是为了建立一个新的教会，

他们强烈地仇恨单个的人

——但是列宁曾经是单个的人——

他们愚蠢地爱着所有的人，想要治愈一切，

这种指责难道不是你那伪装过的弱点吗？

正是他们，献身于这个世界

——不要期望他们会建成天堂——

正是他们，民族主义者，

怀着一种思想，

正是他们，为了战争，

正是他们，被土地所约束，

他们卖给美国人的

并非免费提供：租界。

你是否有足够的力气，

参加这项工作？

如果没有……

切勿入内。

哈啰！

上千个小组围着你吼叫，

高喊着你的名字，

赞美着温暖的家乡：安乐窝。

你是不是向往牛棚？

温暖的牛棚，那里不仅有诱人的食槽，

——草坪也令人满意——

可是，哪里还有牲畜的体温，

熟悉的叫声和人类的友爱精神？

他们高喊：

列入队伍！

加入协会！

他们高喊：

孤军奋战的时代已经过去，

再也没有人能够承受！

自愿结合！

他们高喊：意志薄弱的！离群索居的！犹豫不决的！

都到我们这儿来吧！

遵守纪律！遵守纪律！

房顶之上

高耸着

耐心的树梢。

激动的树冠沙沙作响。

重返大自然？

沉醉于朦胧的秋夜，

五光十色的白昼

神圣，晴朗

幻化成温柔的灰蒙蒙的雾？

忘掉了

百万民众的歌？

红色葡萄酒的作用

壁炉旁边的女人

为了最后一级神圣的世界秩序？

嫁女。娶妻。但不要有任何期望。

重返大自然？

生根发芽，但不要

带着琉特 ① 去找她：

你退回去吧……

哈啰！

你站在这里

环顾四周：

叫喊的人渐渐模糊，

朝后退去……

你独自一人！

在你的周围

_____

① 琉特：一种形似琵琶的拨弦乐器。

站着成千上万人：

像你一样浑身冰凉，

像你一样四处寻找，

每一个人都像你一样孤独，

安慰？不，这是命运！

保持勇敢。

保持正直。

保持你自己。

时刻听着这声叫喊：

哈啰！

不要受人诱惑。

走你自己的路。路有如此之多。

但是目标只有一个。

1929

理想和现实

静静的夜里，你躺在妻子身旁
思索着生活中还缺少什么。
神经沙沙作响。缺少的东西
轻轻地折磨着我们，要是能有该多好。
　　你在思索中体验着
　　你想得到的东西，可是最后也没有得到……
　　有人总是想要高个子的美女，
　　可是得到的偏偏又矮又胖——
　　　　这就是生活！

她，高挑的身材，金色的头发，
扭动起臀部就像转动的轴承。
减少一磅，她都会显得又瘦又小，
谁曾沐浴过这满头金发……
　　你最终也会屈服于这种令人诅咒的偏爱，
　　急于求成，沉于幻想。

　　有人总是想要高个子的美女，

　　可是得到的偏偏又矮又胖——

　　　　这就是生活！

你想买一个淡色的烟斗

却买了这个深色的，因为别无选择。

你每天早晨想去长跑

却从未跑过一次。只差一点儿……只差一

点儿……

　　在帝国时期的压抑下我们梦想

　　一个共和国……如今梦想成真又如何！

　　有人总是想要高个子的美女，

　　可是得到的偏偏又矮又胖——

　　　　这就是生活！

　　　　　　　　　　　　1929

母亲的手

你为我们切过面包，
煮过咖啡
　　　还端过便盆——
缝补浆洗
忙东忙西……
　　　一切都是用你的双手。

你盖上奶锅，
塞给我们糖果
　　　又送来报纸——
数点衬衣
削掉土豆皮……
　　　一切都是用你的双手。

我们有几次
曾经胡搅蛮缠

　　你也敲过我们的头。

是你把我们拉扯大。

我们兄妹八人

六个如今健在……

　　一切都是用你的双手。

这双手既热又冷。

如今苍老粗糙。

　　你也快走到了尽头。

现在我们回到这里，

回到你的身边

　　抚摸着你的这双手。

1929

资产阶级的慈善

瞧！那里是一家股份公司财团的

疗养院；

早晨只有燕麦粥，

晚上只有大麦汤。

    工人们也允许进公园……

    好吧。这是芬尼 ①。

    马克在哪里？

他们给予你们一些施舍，

做着基督教虔诚的祈祷；

他们照顾受苦的产妇，

因为他们需要无产阶级。

    他们还给穷人提供棺材……

    好吧。这是芬尼。马克在哪里？

———————

① 芬尼是一种德国老旧的辅币，100 芬尼等于 1 马克。从 9 世纪起使用到
2001 年 12 月 31 日止。

马克成千上万地

流进了别人的口袋；

监事会吵吵闹闹地

决定了分派股息。

　　你们喝的是汤，他们喝的是骨髓。

　　你们得到的是芬尼，他们得到的是马克。

无产阶级！

　　你们千万不要上当受骗！

他们欠你们的远远超过他们给你们的。

他们欠你们一切！

　　田地，矿山，羊毛印染厂……

他们欠你们的还有幸福和生活。

　　接受你应该得到的。但是不要去计较鸡毛
蒜皮。

　　想着你所属的阶级！帮助它强大！

　　你应该得到芬尼！你更应该得到马克！

　　　　战斗吧！

1929

胎　儿

你如此沉重，你如此苍白……

　　　你怎么啦，母亲？

你想要什么却又不知要的是什么……

　　　你怎么啦，母亲？

　　"我怀着一个孩子，

　　我知道他的兄弟姐妹是什么模样：

　　没有靴子，没有毛衣，没有牛奶，没有

黄油……

　　我是一个母亲啊！我再也不想做母亲！

　　　让我喊吧！

　　　让我喊吧！"

可能会也可能不会生下我！！

　　"夫人，您想要什么？"

我丈夫没有工作……我们没有钱！

　　"夫人，您想要什么？"

我不愿意一夜之间

给我和孩子们带来不幸！

我想拥有和富人一样的权利，

他们可以悄悄地堕胎而不受惩罚。

为什么没有人愿意解救我？

　　　让我喊吧！

　　　让我喊吧！

喊是没有任何用处的……

　　　　觉醒吧，妇女们！

打倒教会的狂妄！

　　　　觉醒吧，妇女们！

你们痛苦不堪，在你们的耳朵里

响起工厂主的号叫：

"生下来！生下来！

　　　　生在狂风呼啸中！

如果国家仍然存在

　　　　你们都可以灭亡！

　　　你们没有饭吃？

我们需要孩子为了多特蒙德和埃森 ①，

――――――――

① 多特蒙德和埃森均为德国重要的工业城市。

为了帝国军队和办公机构……
如果你们死了，我们也就摆脱了你们！"

从黄碘和血迹斑斑的亚麻布里
传出了一个孩子的啼哭。
在这张小床上
已经响起一曲响亮的四重奏：
工厂，税务局，肺结核，教会礼仪。

这就是一个德国胎儿的命运。

1929

离婚的女人

咳……又来了一位……

　　这很奇怪：

五年前，有了我的那一个，

然后整个世界都变小了……

　　　现在有一个男人在我的公寓里走来走去，

　　　觉得我说的都很愚蠢；

　　　赞美和指责，谈论存在的目的，

　　　在桌布上留下咖啡的痕迹……

　　　　　这一切有必要吗？

有必要……他照料。他给予爱。在阴霾的

早晨，我伸过去我的手……

　　这很奇怪：

男人们……都是同一种姿势……

大清早，穿着内裤乱跑……

　　　突然之间，有一个男人也住进了我的灵魂。

他折磨我；爱我；也想我折磨他；
他改变我的生活，压着我，让我飞翔……
他获胜，因为我很聪明，我战胜了自己……
　　我有必要这样吗？

我很平静。我们保持独立，
　　……很奇怪……
我们很自豪。应该永远这样！
　　但是忽隐忽现，小小的火焰噼啪响，
　　突然全部崩塌。
　　他需要我们。我们，我们需要他。
　　爱情是履约，是重担，是药物。
　　一个男人是丈夫，是上帝，是孩子，
　　因为我们是彼此的另一半。

　　　　但是，毕竟到处都一样：
　　　　第一个男人永远都是一个意外。
　　　　真正的认识无可争议地位于
　　　　第二个和第三个之间。
然后你就知道了。追求知识永不知足，
但是对拥有的东西要知足。

　　　　　阿门。

1929

一个女人的思考

　　我的丈夫总是很快就睡着……要么他就看报纸
　　　　抽雪茄，
　　……我很烦……我盯着天花板，
　　　　想着我自己的心思。

　　给了他们那么多，至少是在开始的时候。他们不
值得。

　　他们总以为，爱他们的人
　　一定是倍感荣幸。
　　是否真的有这种情况：
　　一个男人一直很和蔼可亲，殷勤周到，
　　就像结婚的第一天那样？
　　这个人是朋友，是丈夫，是情人；他逗我们玩，
　　当了父亲，总是很新颖，受人尊敬，
　　他也爱你……爱……爱……
　　真的有这种情况吗？

我有时候想：会有的。

然而我看见的：并没有。

总是一再轻信他们。

我只是想知道这些家伙从哪里得到心理平衡。

也许……算了吧。这方面的天赋

大概总是分配不均。他们从来没有真正理解我们。

因为他们很懒，所以喃喃自语一些歇斯底里的事。

但事实并非如此。我们想要温柔，可是先生们通常没有时间。

他们玩交响曲，敲定音鼓。

然而，我们的爱情颤颤巍巍，已经变了味道。

跳啊，跳啊，跳啊……就像在证券交易所。

其实他们再也不是性爱的配角。

扮演主角的是我们。我们独自演唱二重唱，

心灵空虚，徒有一张精心照料的床。

我的丈夫总是很快就睡着……要么他就翻过身去，抽雪茄。

    为什么？因为……

我盯着天花板，

    想着我自己的心思。

                      1929

继　任

我看见了我的第一任丈夫，

　　　　他和一个女人走在一起！

帽子、裙子和阴丹士林上衣

　　　　比他矮了两个头！

　　　她肯定是陪他去办公室……

　　　各人爱好，无可争议。

　　　　好吧，恭喜恭喜！

在爱情选择上

　　　　他满脑子都是糨糊；

如果他赢了，

　　　　他总是欣喜若狂。

　　　无论是锁边衬衫还是昂贵的丝绸……

　　　因为他，甚至可以穿麻袋……

　　　　好吧，恭喜恭喜！

女人终归是女人。这个男人有多幸福，
　　　　反正他也无所谓！
竟然穿成这般模样！
　　　　显得很有钱！
　　不就是为了他吗？我们扬眉
　　赞同或者抵制其他的女人。
　　　　毕竟我也期望引起他的注意；
　　　　我感觉，自己仍然魅力无穷。
　　　　我想通过三重镜子观照自己：镜子，嫉
妒，男人。
　　　　　　可是他根本没朝我看。

　　　爱情需要一些克制……
　　　男人真是一个奇怪的发明。

　　　　　　　　　　1931

决定与回忆

——纪念雅各布松 ① 逝世两周年

我的一切所作所为，

都让我想起一只有力的手；

今天，当我写作的时候，它仍然引领着我，

尽管这位朋友已经突然离我们而去。

　　这位朋友，我有时称他

　　　　小个子男人。

他对我们很重要。

　　　　他不愿意示弱，

他强有力地扼住了他的时代。

在喧嚣、争论和吵闹的战斗中；

一个眼神——我们立刻就能明白。

———————

① 西格弗里德·雅各布松（1881—1926），德国作家、《世界论坛》杂志创
　始人。S.J. 是他名字的字母缩写。

今天我在战斗，我是多么想念
　　这个小个子男人！

他给我们留下了很多：
事业、责任、义务。
我想在爱与恨中
像他那样去做，但我不可能永远这样。
　　我经常在怀疑中默默地问自己：
　　　　"S.J. 对此会怎么说？"

我想按照他的意愿尽我的努力：
　　让真相大白于天下
　　为爱而争论，静静地生活……
　　　　他会从天上微笑着注视这一切
　　　　这个小个子男人

　　　　　　　　　　　　1928

教学诗

如果你不知道该怎么继续，

　　　就讲：神话。

如果你的逻辑线索断了，

　　　就讲：理念。

如果你的杯子里什么也没有，

就讲一些关于该品种的深奥之谜。

　　　这样你就可以做到，无论别人怎么渴望，

　　　　　谁也控制不了你。

如果你想不引人注意地勾起人们的情欲，

　　　就讲：爱神。

深厚的学养赋予你的诗行：

　　　酒神。

但是好像给你最多的

是天主教的道具。

　　　装出虔诚的样子——你根本不需要真的

虔诚。

　　　他们上当受骗了。

　　像文学专员那样做:

　　　带上一个笔记本。

　一篇美文的要点

　　　是词汇。

　爱神与神话永远都有,

　然而从未有过这么多人以此为生……

　　　你就这样轻而易举地——你只要永远奉承

　拍马!——

　　　进入了高雅的德国文学。

　　　　　　　　　　　　1929

士兵的代价

我们有很多肺结核病人，
他们需要山和雪；
他们会康复吗？想也不要想！
我们需要军队。
每个男孩都要
军靴和步枪
每个人要耗掉一个肺！
　　这就是我们的军队。

用他们挥霍掉的东西，
用他们浪费掉的东西：
我们可以捐助行善，
在肺结核肆虐的地方。
穷人家的男孩
死了就死了……
每个人要耗掉一个肺！

　　　这就是我们的军队。

透过灰蒙蒙的玻璃

照进来一缕昏暗的日光；

躺在那里的病人，

熬不过这个夏天。

"请您伸出舌头！

那好吧……再也没有办法了！"

每个人要耗掉一个肺！

　　　这就是我们的军队。

他们有野战火炮，

巡洋舰和音乐；

戴着黑红金色 ① 的帽子

都是共和国付的钱。

　　　他们开始跳跃。

　　　他们是军人。

　　　他们偷走了我们的心和肺。

　　　什么时候——小伙子！小伙子！

————————

① 　黑红金色是德国国旗色。

你把它们高高抛起扔掉

紧跟在他们的国王身后？

1928

思　索

人到四十应该思索……

　　　　思索什么？

思索身外，思索内心，

　　思索星球的轨迹，

它们飘荡在寒冷的宇宙里，

还要思索：

　　那个博内曼到底是依靠什么为生？

草地发出嗡嗡声响，披上了绿色的衣装——

　　　　我躺在草地中间；

透过紧闭的眼睑，一千个太阳说，

　　我还活着。

孤独的街道迈步向上走，

你听到了从未听过的声音……

从太空中向你传来的是睿智和力量。

　　拉斯勒嫉妒得要死。我视而不见，

就是要气气他。

云朵从太阳面前飘过。树叶纹丝不动。

湖面静寂；
明白事理的智者不会问

为什么？
他只观察怎样发生；下雪的时候，
他看的是从结晶到慢慢融化——

如果没有时间，

为什么还总是剪指甲呢？

你就这样飘进了上层区域，
但又不得不依旧住在下面这里。
摩根斯特恩 ① 的一句诗越过田野飘然而至：

"思索永远让人感到魅力无穷。"

1929

_____

① 克里斯蒂安·摩根斯特恩（1871—1914），德国诗人。

寻找者

寻找——寻找

一直在寻找金钱。

然后找到了。

寻找——寻找

在全世界寻找！

一直念念不忘！

    跟着金钱后面爬行。

    舔着金钱的足迹！

    不要软弱——

    只要一直想着：

赚钱！赚钱！赚钱！

赚钱！赚钱！赚钱！

    投机是严肃的。

    但是爱——但是爱——

    但是你必须已经爱上了它。

寻找——寻找

一直在寻找成功。

然后找到了。

不在乎——不在乎——

对整个民族都不在乎!

踩到了前面的人!

　　对权势阿谀奉承!

　　永远要说是!

　　无论白天还是黑夜

　　哈利路亚——乌拉!

向上!向上!向上!

向上!向上!向上!

　　金钱作为酬劳在向你招手。

　　但是爱——但是爱——

　　但是你必须已经爱上了它。

寻找——寻找

一直在寻找幸福。

然后找到了,如果一切如愿。

你的心

是一件批量产品;

它也会停止跳动。

当你在金色的舞蹈之后

展现自己

作为总结：

"我希望，我会在这里受到赞扬！

在那下面我始终位于上面！"

可能这个声音在说：

哎呀，你的生活——

哎呀，你的生活——

是啊，这不是一种生活。

1922

真　爱

每当我疲惫地回到家，

说得口干舌燥，写得手酸背痛，

你总是坐在那里，多么可爱，多么温顺。

我必须，我必须爱你！

　　　　夜晚就像节日。

　　　　我知道，你是最好的女人。

　　　　为什么呢？因为：

　　　　　　　你笨得如此可爱。

你过得很好。

　　　　　　　你想象不到，

斯大林刚刚说了什么，

对莱比锡的帝国法院毫无所知，

对各个艺术时期一窍不通。

　　　　你把妓院当成是旅馆，

　　　　把水井当成是清澈的源泉……

我爱你。因为……因为……
你笨得如此可爱！

我那金色的幸福！时不时
我也曾经移情别恋。
其他女人都很聪明，
从衬衫就能够看出来。
当我后悔地回到你的身边
深深地呼吸，享受纯净的幸福……
愚蠢总是爱两次。
因为：
你笨得如此可爱！

1930

人生驿站

你先是四处转悠，在女人身上寻找
可以触摸的东西。
毛线球、玩具、小猫，
你还不是一个真正的男人。

  你想要的是一种快乐而动荡的平静：
  与众不同，但是又像你一样……
   你的心在说：
    马克斯和莫里茨 ① ！

你在成长。但是头脑还不够成熟。
事业重要！时不我待！
一个聪明的女人牵着你的手
以专制的母爱。

  她照料你的一切。她在家里等着你。

---

① 马克斯和莫里茨是德国作家威廉·布什（1832—1908）笔下的调皮孩子
形象，在德国家喻户晓。

在她的怀里，你可以哭个痛快……

你的心在说：

母亲。

你在成长。现在你是一个成熟的男人。

你的情感变得温柔。

你想要的是，在旁边的床上

异样的青春在燃烧。

她可能很愚蠢。你想要的是：年轻的动物，

一只小鹿，野性十足，灵丹妙药。

你的心在说：

大地。

然后你老了。

到了那一天，

你们都患有消化不良，

两人一起坐在一条长凳上，

穿得就像鲍西丝和费莱蒙 ①。

---

① 鲍西丝和费莱蒙是古罗马诗人奥维德的道德寓言《变形记》里的一对老
夫妇。主神宙斯与其子赫米斯伪装成乞丐走访。鲍西丝和费莱蒙非常贫
穷，以简单的菜肴款待两位神祇。后来鲍西丝和费莱蒙家的原址被宙斯
变成豪华的大理石寺庙，两夫妇被任命为寺庙的祭司。他们亦被授予了
希望同年同月同日逝世的愿望，死去后化身成寺庙前一对相互交织的橡
树（费莱蒙）和椴树（鲍西丝）。

她不说话。你也不说话。因为你们知道，

人的生活是怎么回事……

你的心曾经赞美过那么多的女人，

现在你的心在说："哦，老伴吗？"

　　　你的心在说：谢谢。

　　　　　　　　　　　　　　1930

大城市里的眼睛

清晨
当你去上班的时候，
挤在火车站
忧心忡忡：

       这座城市

       沥青一般光洁地向你

    展现了人群漏斗里的

    几百万张面孔：

一双陌生的眼睛，一道短促的目光，

眉毛，瞳孔，睫毛——

那曾经是什么？也许是你生活中的幸福……

结束了，流逝了，一去不返。

你一生走过
成千上万条街道；
一路上你看见

无数把你遗忘的面孔，

眼睛向你示意，

心灵发出共鸣；

你终于找到了，

但只有短短的几秒钟……

一双陌生的眼睛，一道短促的目光，

眉毛，瞳孔，睫毛——

那曾经是什么？没有人能让时光倒流……

结束了，流逝了，一去不返。

人生的旅途中

你肯定经过无数的城市；

回首之间

你看见一个陌生的男人。

他也许是敌人，

他也许是朋友，

他也许在斗争中成为

你的同志。

他向你致意

然后匆匆离去……

一双陌生的眼睛，一道短促的目光，

眉毛，瞳孔，睫毛——

那曾经是什么？

　　　　伟大的人类中的一分子！

结束了，流逝了，一去不返。

　　　　　　　　　　　1930

结　束

有一天两个人不得不分手，

有一天一个人不再理解另一个人，

有一天每条道路都出现了岔道，每个人都走上了
自己的路，

　　　这是谁之过？

这并非谁之过，只是时间已到。

这样的道路无限制的交叉。

每个人带着别的人同行……

　　　但总有什么会留下。

有一天你们共同受到了洗礼，

浑身炽热，融为一体，然后再冷却……

你们期待着你们的孩子。每人的一半都在下沉：

　　　一个新人。

每个人都有自己的命运。

生活本身就是变化。每一个我都在寻找一个你。

每个人都在寻找他的未来，迈着时进时停的
脚步，

受意志的驱使向前，没有任何解释和问候，

走向一个遥远的地方。

1930

啊，女人！

啊，女人！
你学会开飞机，
学会当水手，
驾驭一辆四辕马车，
　　　　像一个男人。

男人们越来越矮小，
没有什么是遥不可及的：
亲爱的女人！有一个男人
　　　　永远在后面追随着你。

你计算工资表
你指挥小乐队，
因为女人什么都能干
　　　　像一个男人。

什么都做吧。有一个矮个男人
跟随你走过陆地和海洋。
总有一个男人
　　　　永远在后面追随着你。

爬进矿山隧道，
逃离炙热的爱情画廊；
在蓝天的衬托下
　　　　你永远都是一个女人。

即使是最强的女人
遇到这事儿也很难……
因为有一个男人永远，永远，
永远，永远，永远，永远
　　　　在后面追随着她。

　　　　　　　　1930

玛尔维娜

为了你

我洗脸刮胡。

我想躺在你的身边

　　和你的四分之一

　　　和你的八分之一……

　　　　玛尔维娜！

你却忸忸怩怩。

你的黑森林钟 ① 的

布谷鸟已经鸣叫。

我躺在你的膝前央求：

　　"请给我四分之一！

　　请给我八分之一！

────────

① 黑森林钟是一种产自德国南部黑森林的时钟。每到半点和整点，布谷鸟出来报时。

　　　玛尔维娜！
小小的一块足矣！"

你的新郎平淡无奇。
因为他是犹太人
他悄然离去。
　　　小小的四分之一，
　　　小小的八分之一……
这真叫你倍受折磨。

你没有给我任何东西，
只用审视的目光盯着我。
你生活中需要的，
　　　不是四分之一，
　　　不是八分之一……
而是一个完整的男人！

我深深地感到震惊。
你的目光在问我……
我没有回答
也没有说话。
　　　我们并没有彼此占有！

我的下巴像鳗鱼一样光滑。

现在我漫步在街头……

　　　玛尔维娜，

　　我为自己哭泣！

1930

另一个男人

你在社交活动中与他相识。
与他侃侃而谈，对你亲切殷勤。
他能够说出所有网球明星的名字，
相貌英俊，没有脂肪。
  他舞姿优美。你盯着他目不转睛……
  然后你丈夫走到了你俩的旁边。

你在脑海中比较他们俩。
你丈夫不免相形见绌。
瞧他的那副模样，我的天啊！
脖子后面厚厚一层脂肪！
  你暗暗自语："实际上……
  另一个才应该是我的丈夫！"

啊，尊敬的夫人，请听听
一个长辈的忠告吧！

即使你换了这个新人，一两年之后
你又会面对同样的情况！

　　然后你知道了他爱抚时的细微差别，

　　然后你认识了穿着内裤的他，

　　然后他厌倦了你的占有，

　　然后你听完了他所有的笑话。

　　然后你见过了他高兴和发怒，

　　从上到下，从前到后……

请相信我，人们若是更加彼此了解，
就会有一个美满的结局。
我们在一次庆祝活动上往往魅力无限……
其余时间则平平常常。
切勿根据最佳时间妄作评判。

假如你已经找到一个
能够和睦相处的人，

　　那么就请留在他的身边！

　　　　　　　　　　1930

你的生活情感

你内心深处的生活情感——
你何时曾经有过？
与一位朋友一起？
总是一个人。

有一次，你站在木头阳台的栏杆边上，
那里有格里普斯霍尔姆城堡，宽阔，穹顶，
还有一个湖
还有瑞典，
还有蒙上灰尘的森林一角——
在贴着深绿色标签的平台上
　　一个家伙用伦敦方言英语唱歌：
　　"你说什么？"
你感到：
我在此。

你的生活情感曾经就是这样。
与一个女人一起？
总是一个人。

有一次，你夜里回到家
在向高大的金发女郎
发起了一次徒劳的进攻之后，
优雅地丢脸，文气地往后滑，
上了当，遭到拒绝：谢谢，谢谢！
你站在圆形床头柜前
看着粉红色的灯光
你做出感到遗憾的样子，抱歉，惋惜
你感到：
我在此。

你的生活情感曾经就是这样。
在人群中？
总是一个人。

如此难得，这种生活情感。
卡萨诺瓦曾经有过一次。
第四卷。

他在情人罗萨林德那里看见

他和她在几年之前生的两个孩子，

在一张床上睡着了，男孩和女孩。

她给他看，

她掀起被子，小猪猪，

母亲，

为了勾起他的情欲，

为了让他快乐，

我知道什么。

他看见：

男孩在睡梦中把他的手

　　　放在了女孩的肚子上。

"我感觉到了，"

卡萨诺瓦写道，

"我最深的本性。"

这是他的生活情感。

在你这儿却失落了。

你曾经想要生活

却没有去生活。

你现在想要生活

却因为忙忙碌碌而忘记了生活。

你想去感觉你内心的东西，

却热衷于你周围的事情……

失落的是你的生活情感。

如果你死了，你会感到非常遗憾的。

趁现在还有时间！

1930

教堂与摩天大厦

钟声响起：铛铛，铛铛；

汽车呼啸行驶在选帝侯大街；

教堂的塔楼直插云霄，

铃声长鸣招徕信众。

教堂宣扬基督教思想，

但是周围一家家银行的摩天大厦

    比教堂高出一层。

纽约的证券交易所沸沸扬扬，

虔诚的牧师忙着祈祷：

愿无人被捕入狱，

愿众人赚钱发财。

但是无论他们如何在怒吼的合唱声中祈祷：

银行大厦高耸云霄

    比教堂高出一层。

牧师们按照以往的方式祈祷

抵制罪恶的魔鬼思想。

教会的财产妥善保管在

相邻的一家家银行。

　　谁在掌控这个世界？在这里一目了然。

　　银行比所有的教堂

　　　　都要高出一层。

　　　　　　　　　　1930

致德国的月亮

月亮好，你静静地
穿过夜空的云！
你看见长长的运苹果的小船
和维纳斯女祭司。

　　你看见许多路人和闲逛者
　　还有那些可恶的假钞票贩子。
　　　　你对这一切已经习以为常，
　　　　月亮好，月亮好！

你缓缓地从屋顶上方滑过，
看见窗户和办公室里，
抽屉里的文件在轻声细语：
"我们终于摆脱了诺斯克！"①
　　你看见军营的窗户里，

――――――――――

① 古斯塔夫·诺斯克（1868—1946），德国政治家，曾任德国军事部长。

他们已经取掉了黑红金色的旗帜……

你对这一切已经习以为常，

月亮好，月亮好!

你在苍穹滚过

越过我们这座大城市的上空，

你看见那笔丰厚的退休金，

鲁登道夫 ① 还在继续领取。

接下来，即使有些迟，

你也看见一些获释的卖国贼……

你对这一切已经习以为常，

月亮好，月亮好!

但是突然来了一个人，

他不顾喧嚣和窃窃私语

挥拳——可惜以前还没有人这样——

砸在我们的桌子上。

他说:"军人可以走!"

啊，你肯定会留下的!

_____

① 埃里希·鲁登道夫（1865—1937），德国著名将军，是第一次世界大战时的重要主将。

因为你对此并不熟悉，

月亮好，月亮好！

1920

然　后

在圆满结局之后
电影里通常渐渐转暗。
　　人们只能看见男主角的髭须
　　轻轻触动着她的嘴唇——
　　此刻她获得了这个绅士称号。
　　　　好吧，然后呢？

然后两人乖乖地上了床
那好吧……这样也挺好。
　　有时候人们还是愿意知道：
　　如果他们不接吻，会干什么？
　　他们不能总是睡觉吧……
　　　　好吧，然后呢？

然后风在壁炉里飒飒作响。
这对年轻夫妇有了一个孩子。

然后她煮牛奶。奶溢了出来。

然后他发脾气。她为此哭泣。

然后两人想彻底分开……

　　好吧，然后呢？

然后孩子身体不适。

　　两人继续待在一起。

　　互相折磨了好些年。

　　他还是想要金发女郎：

　　头脑简单，体态丰盈……

　　　　好吧，然后呢？

然后他们老了。

　　　　儿子离开了家。

老男人现在也变得邋邋遢遢。

　　忘掉了亲吻和髭须戏唇的时光——

　　啊，天哪，这一切是多么遥远！

　　他当年还紧盯着母亲，

　　这也早已成为过去！

　　老男人回忆往昔：

　　他现在还有什么幸福？

　　这桩婚姻绝大部分都是

溢出的牛奶和无聊的时光。

因此在圆满结局的时候

电影里通常渐渐转暗。

1930

第三帝国

国民

需要一个崇高的理想，

这样每天早上

都可以做一点体操。

  德意志男性的力量

  在洪福齐天的时刻

  作为最新的成就

  创造了一个理想：

不会是第一帝国，

不会是第二帝国……

是第三帝国吗？

请吧！快快请吧！

我们不再允许群体行为——

我们必须要强调种族——

自由德意志，青年德意志，故乡的云

青年联盟，民族的，种族的 ①……

皆归一统。

    谁要是相信，

就会快乐幸福。谁要是不相信，

就是一个彻底堕落的和平主义者和布尔什维克。

是第三帝国吗?

请吧! 快快请吧!

在第三帝国，一切都是真正的幸福。

我们要接回我们的兄弟:

苏台德德国人，萨尔德国人

奥伊彭德国人，丹麦德国人……

防御这个世界! 我们对和平不屑一顾。

我们需要战争。否则我们什么都不是。

在第三帝国，我们将赢得比赛。

在这里我们都是自己人。

    我们的人现在并不多。

教鞭，军刀，棍棒掌控一切，

制服上的勋章闪闪发光，

时间的车轮将被倒转——

———————————

① 这些都是德国纳粹主义常用的词汇。

我们高呼"祖国"，如果再也无法继续……

在第三帝国

我们所有人都富裕平等。

索布人和卡舒布人也是纯粹的雅利安人。

是的，没错……还有无产者！

我们是他们的原始解放者！

他们每天晨祈祷时感谢上帝

同时记住：

他们还和以前一样是可怜虫，

还是那支出卖苦力的灰色大军，

还是缺衣少食的穷苦流浪汉——

     但是：

    在第三帝国。

这就是我们。

     看一看统计数字：

我们做的蠢事太多。最多的就是国家的胡闹。

       1930

雪在哪里……

去年的雪在哪里，

安娜·苏珊娜？

你还记得当时的时尚感觉吗，

安娜·苏珊娜？

人们用文字装点门面，

每周都有一个天才。

到处都在低声细语："非常完美！

完全合乎人情……不管以何种方式……"

去年春天的花儿在哪里，

安娜·苏珊娜？

加重宇宙舞台的口音，

安娜·苏珊娜？

受过良好教育的观众成群结队

追随着评论家的炮火。

没有人再演出这些剧目，

完全合乎人情……不管以何种方式。

去年的雪在哪里，

安娜·苏珊娜？

布莱希特将变成过去的苏德曼 ①，

安娜·苏珊娜。

他们大声咆哮，广告，尖叫，

这是一种工业。

每个人有一个月的不朽

　　——安娜·苏珊娜——

完全合乎人情……不管以何种方式。

                                        1930

---

① 贝托尔特·布莱希特（1898—1956）和赫尔曼·苏德曼（1857—1928）
都是德国作家。

屋顶之上

屋顶之上

烟雾缭绕

柔和的钟声

在城市的钟楼回荡。

我的思念飞上了天空。

　　　风如何从窗户钻进来……

为什么劳动？

为什么工作？

为什么去参加会议？

我只有自己的一双手。

最终留下什么？

我已在父亲的身上见到了。

　　　风如何从窗户钻进来……

这个老人只有这间阁楼。

他为此工作了五十五年
没有休一天假，
只有忧虑和白发。

　　我的思想飞到了天边……

我们的幸福何在？
我的思想重又回到这里。
我立刻跳起来，
两臂紧抱着身体，
因为浑身冰凉……

　　我再也不愿独自一人。

如果我们团结一致，我们就会强大：
强者与弱者，幼者与长者。
意志坚定，党性鲜明。
我已经做好了准备。
再一次望向城市上空，
和屋顶之上……
有些人已经坐在风嗖嗖的阁楼上
吃起硬面包和劣质食物。

　　有些人以后将会征服一个帝国。

1931

时不我待

你，折页机旁边的女工，
请你抬头仰望天空！
在窗边缝衣的姑娘，
请你低头俯视石头小院！

　　你们思考过命运吗？
　　想过昨天、今天和明天吗？
　　抬起头！有一句格言：
　　头在一切忧愁之上闪烁。

　　　　时不我待
　　　　不要等太久！
　　　　倾听你内心的声音，
　　　　时间在有序前行。

　　　　　　每个人的生活
　　　　　　都有自己的旋律……
　　　　你自己不去争取的东西，
　　　　你永远也得不到！

你，年轻的女工，

你爱上了一个也爱你的男人。

你应该接受他吗？他是不是让我获利？

如果他要付出，他有东西付出吗？

清理头绪，做出决定：

南或者北！

是或者不是！但不要停在原地，

没有人会变得更年轻……

时不我待

不要等太久！

倾听你内心的声音，

时间在有序前行。

每个人的生活

都有自己的旋律……

你自己不去争取的东西，

你永远也得不到！

你，为自己的阶级争取自由的战士，

不要听信他们的花言巧语，

都是装腔作势的家伙，

心胸狭窄的灵魂，虚伪的领路人！

时光流逝，未曾留痕，

你不要听信任何预言！

你的阶级在等待着你，

帮助他们摆脱枷锁！

　　时不我待

　　不要等太久！

　　倾听你内心的声音，

　　时间在有序前行。

　　　　每个人的生活

　　　　都有自己的旋律……

如果你从来没有从生命之树

为自己采摘果实的话，

你就永远也得不到！

1931

食　客

　　——献给那些不觉得被刺痛的人

他住在富人的旁边，

与贵族交往，名叫施密特。

他今天系着昨天的领带

搭乘的是别人的汽车。

　　　他过着对他来说是陌生的生活方式

　　　　　懒惰的大脑！

　　　　　懒惰的假绅士！

　　　这种人很多很多。

他自己只有一间小屋，

是赛伊夫人的三房客。

但是只要出了门，他总是装作

仿佛在富人家里长大的。

　　　从袜子到头发，

　　　一切都不是真的，一切都不是真的！

他喜欢被人邀请，

常常戏弄商人和银行家。

他知道，去丽都剧场得先洗澡，

进丽兹酒店要和门卫问声好。

    在陌生的布景前吃白食

    他潇洒又殷勤。

他拥有的东西，没花过一分钱。

在上流社会奔波，

认识最高级的鸡尾酒会。

只是从来不清楚自己的位置。

    一会儿是工艺美发师，

    一会儿是编辑……

    昨天、今天、明天，我们看见的是：

    一只猴子。

      一只富人豢养的猴子。

                      1931

她对他说

我把一切都献给了你：

我的身体，我的灵魂，时间和金钱。

　　你是一个男人——你是我的生命，

　　你是我的小社会。

　　　　我找到了我的幸福，

　　　　曾经几度正视你的脸：

　　　　我认识你这么多小时……

　　　　不，你从来不温柔。

　　　　你擅长接吻。以某种方式

　　　　向我表明，什么是享受。

　　　　你爱听流言蜚语，轻声向我诉说，

　　　　什么时候必须再补上一层口红。

　　　　　　在其他女人面前

　　　　　　你也善于保持平衡。

　　　　　　有时真可以信任你……

但你从来不温柔。

你若是温柔该多好！

　为了我

你甚至也可以深情切切。

像温暖的春雨

如此柔情笼罩着我！

　　但愿你是我们俩中的弱者，

　　但愿你是我们俩中的傻瓜。杰克获胜。

　　爱得越多，痛苦越多。

　　不，你从来不温柔。

1931

致大众

尊敬的大众，

你们真的如此愚蠢，

就像所有企业主

成天唠叨的那样吗？

每个屁股肥大的经理都说：

"大众希望如此！"

每个电影制片人都说："我该怎么办？

大众想看这种甜滋滋的东西！"

每个出版商都耸着肩膀说：

"好书卖不出去！"

　　请你们说说，尊敬的大众，

　　你们真的如此愚蠢吗？

如此愚蠢，以致报纸上可读的东西，

或早或迟，越来越少吗？

纯粹是害怕，你们会受到伤害；

纯粹是担心，不要引起任何人的不满；

纯粹是顾忌，米勒家族和科恩财团

可能会以取消订购相威胁？

出于担忧

无数德国联合会中的一个

最终会抗议、告发、

示威、起诉……

　　请你们说说，尊敬的大众，

　　你们真的如此愚蠢吗？

是的，然后……

平庸的诅咒

压在这个时代之上。

你们的胃功能真的如此之差吗？

真的消受不了任何真理吗？

你们只配吃麦糁粥吗？

是的，然后……

　　是的，那么你们就活该如此。

　　　　　　　　　　　1931

囚　犯

主啊，你是否听到他们在咽食？
他们散发着恶臭坐在那里吃着霉烂的食物，
用铁皮勺从官方的盆子里抠出
送进他们私人的嘴里。

　　身体将它们消化，
他们所做的一切毫无意义。

　　主啊，你是否听到他们在咽食？

　　主啊，你是否看见他们在院子里举步艰难？
他们像马一样被人驱赶，为了不过早地死去——
他们应该保持承受痛苦的能力，
在监狱神父的抽屉里放着一本《圣经》。
他经常给他们宣读一段，并且确信
自己要比他们清白。

　　主啊，你是否看见他们坐在你的教堂里？
　　你感觉到他们在受苦吗？

夜里止不住的泪水困扰着他们，

内分泌已经完全失调，

他们看着两腿之间的巨大的生殖器

不停地乱抓自己的身体……

　　你感觉到他们在受苦吗？

是的，他们的确失过足。

但是人们不能惩罚他人，而只是让他皮肉受苦。

因为罪与罚历来毫不相干。

是的，他们的确失过足。

他们之所以坐牢受苦，

　　因为他们偷过东西，

　　　　因为他们的父母只能生产一个遭受蹂躏的

身体，

　　　　　　因为他们想在西班牙建立共和国，

　　　　　　　因为他们不赞成斯大林的政策，

　　　　　　　　因为他们不喜欢墨索里尼，

　　　　　　　　　因为他们想在美国成立工会……

他们是人间锯木场的锯木屑。

假如没有不公道，又怎么会有公道。

　　　因为他们的确失过足。

于是就有了如下安排：

    他们犯了罪。

    有人对他们判刑。

    有人执行判决。

    这三者之间相互有何关联？

主啊，你看见了吧！

怜悯怜悯这些囚犯吧！

在这里执法的人冷酷无情。

应该让他也去受苦，

然而这样也不会有任何结果。

你听见了吗？你看见了吗？你感觉到了吗？

    这些囚犯。

1931

长吁短叹

德国男人
　　　　男人
　　　　　　男人……
是难以理解的人。
　　　他有一个工作，他有一项义务。
　　　他在地方高等法院有一个席位。
　　　他也有一个妻子，他却不知道。
　　　　　他说："我亲爱的孩子……"他通常总
　　　是很快活……
　　　　　他是一个男人，这就
　　　　　　　　　　够了。

德国男人
　　　　男人
　　　　　　男人……
是难以理解的人。

女人一点儿也不懂那些让男人烦恼的事情。

女人就是为了洗衣做饭。

如果他的衣服少了一个纽扣，就是女人
的错。

如果他偶尔欺骗了女人：

他是一个男人，这就

够了。

德国男人

男人

男人……

是难以理解的人。

笼络女人，他从来也不费多少力气。

如果他没有得到这一个，另一个就会对他嗡
嗡叫。

因此德国男人总是很满意。

重要的是，女人顺从听话，感到舒服
惬意。

因为他是一个男人，这就

够了。

德国男人

男人

男人……

是难以理解的人。

他不和自己的妻子调情。但是他给她买帽子!

当他躺着打呼噜时，她从侧面看着他。

一丝丝温柔……一切都挺好。

他是爱情的公务员。他放任自己。

他和她毕竟结了婚……现在应该怎么办?

上帝安排在一起的，就不应该分开。

他是一个男人，这就

够了。

1931

致婴儿

大家围着你站成一圈：
摄影师和母亲
一个黑色的无声的木盒子，
菲利克斯，普媞姨妈……

　　他们摇晃着钥匙链，

　　一只橡皮狗发出欢快的叫声。

　　"宝贝，笑一笑!"妈妈喊。

　　"宝贝，瞧一瞧!"姨妈叫。

可是，你，我的小男子汉，
看着这些人……
然后，你怎么想?

　　　　　你哭了起来。

后来围着你的是
祖国和旗帜，
教会，政府衙门，

外国人和德国人。

　　每个人都目不转睛

　　　　盯着自己的那片小天地。

　　每个人都在胡说八道，

　　　　却对真相一清二楚。

可是，你，我的好男子汉，

看着这些人……

然后，你怎么想？

　　　　　　你笑了起来。

1931

心有一道裂痕

在脸上，也在萨克森 ①，
那个山雀唧唧叫的地方，
我放任胡子乱长，
因为你不爱我了。
　　苏萨拉和杜萨拉——
因为你不爱我了。

我们俩曾经都很孤单；
即使我是羊毛代理商。
两颗心当年在一起，
两个钱包却是分开的。
　　苏萨拉和杜萨拉——
我至今始终未改。

---

① 德国一州名，魏玛共和国时期的德国纺织业的中心。

你说，你在训练
大概是为了一次击剑比赛。
你吃得并不少
却从来不带钱……
　　苏萨拉和杜萨拉——
人们都是绅士。

你吃得新鲜而健康
并非没有任何魅力
上下翻看餐牌，
菜品冷热交替。
　　苏萨拉和杜萨拉——
跑堂端得胳膊酸痛。

我认为这太过分
生气地盯着你。
一个男人想要免费的爱，
否则他根本就不是男人！

我不可能忘掉你。
甚至今天我也能够画出你的模样。
你吃得太多了……

谁能付得起啊！

　　苏萨拉和杜萨拉——

谁能付得起啊！

我的下巴胡子拉碴。

长成络腮胡尚需时日。

我就这样驱车去奥波莱 ①

参加一场拍卖会……

　　　然而我的心，

　　　然而我的心，

然而我的心

　　　　　有一道裂痕！

1931

――――――――

① 奥波莱，奥得河畔的一座城市，今波兰境内。

生命的中间

她来回奔波，为我合上眼睛：

　　一位女护士。

每当我去了那边，

她还要整理床头柜上的那些小瓶子。

　　她轻轻地把我的双手合十放在肚子上。

　　这是一个很普通的职业。

明天早上，当我刮胡子

脸上涂满肥皂沫的时候，

我会在灯光的照耀下思考：

现在还有 X 减一次。

　　我站在那里，充满了泡沫和虔诚，

　　我感到特别抱歉。

我飞向那个

平行线相交的地方。

啊，如果以后我死了，
我会非常想念我自己，
　　其他人呢？谁要是睁开眼睛，就会看见：
　　死亡就像人们从糨糊里
　　　　　抽出一把调羹。

1931

撒在路上的玫瑰

你们必须善待它，
不要吓着它——它是如此娇嫩！
　　你们必须用棕榈将其改变，
　　忠于它的特质！
　　　　如果你们的狗狂吠，要吹口哨招
呼它——
　　　　无论在哪里遇到法西斯主义者，都要亲
吻他们！

如果他们在大厅里煽动，
你们就说："是的，阿门——但是很高兴！
你们可以抓我——把我撕成碎片！"
他们打人，你们就赞美主。
　　　　因为打人就是他们的营生！
　　　　无论在哪里遇到法西斯主义者，都要亲
吻他们！

他们开枪扫射：亲爱的上帝，

你们也这么珍惜生命吗？

这是一种和平主义者的狂热！

谁不愿意成为牺牲者？

　　把他们称作：甜甜的小果果，

　　请给他们糖果和小糖块……

你们也感觉到

在你们的肚子上

　　有一把希特勒匕首，深深的，一直到

把柄——

　　亲吻法西斯主义者，亲吻法西斯主

义者，

　　无论在哪里遇到法西斯主义者，都要亲

吻他们！

1931

戈培尔 ①

离开你的那些家具包装工，你会是什么？

他们领薪水又忠诚，围着站在你的四周，

你在后面：一个可怜的掐虱子的家伙，

一群倍力通要塞游艇比赛的观众。

女人们——嗬——她们见到你就不寒而栗

真想立刻趴倒在地！

你为所欲为，到处炫耀……

约瑟夫，你是一个小矮个男人。

你有足内翻畸形——你瞧，对其他人

我不会说的；每个人都可能会有。

作为一名战士，你知道如何穿越这片地区

难道你不适合进战壕？

———————

① 约瑟夫·戈培尔（1897—1945），德国政治家，曾担任纳粹德国时期
  的国民教育与宣传部部长，擅长讲演，被称为"宣传的天才""纳粹喉
  舌"。因小时候患骨髓炎留下了后遗症，右腿有残疾，走路足内翻。

适合体育馆，也适合你的新闻界，

你在那里大言不惭。

你在冒险吗？嘴巴冲在最前面。

　　约瑟夫，你是一个小矮个男人。

你总是有些吃亏。

现在你可以报仇，现在你可以微笑。

他们大概太早就把你取出了巢穴！

你不是英雄，只是扮演英雄而已。

　　你是驼背，伙计，你并不健全！

　　你只是嗓门大，除此之外，你并不重要！

　　并非射手，只是一个打破瓷器的，

　　你不是领袖，只是一个大路货，

　　　　约瑟夫，

　　　　　　你是一个大高个男人！

　　　　　　　　1931

一个问题，没有答案

——献给 M.G.[①]

雄鸽冲着雌鸽咕咕叫，
包先生爱着包太太；
华灯初上，夜莺太太
在绿色亭子上发情。
甚至肥肥胖胖的蟾蜍
也在爱的困境中抽搐——
爱神也不让它们安宁——
是啊，为了什么？
为了什么？
为了什么？

人这种生物
（显然是亲爱的上帝创造的）

———————————

① M.G. 是玛丽·格罗德的缩写。

更直截了当

几乎亲吻每一个可爱的夜晚。

就连小彼特也收拾打扮，

仔细烫出小分头，

穿上油光锃亮的皮鞋——

是啊，为了什么？

为了什么？

为了什么？

我们是傀儡，

热血在呼喊，我们屈服于

金质的爱情项链

向欣茨小姐和孔茨小姐低头。

为什么我只有一个念头：

可爱修长的腿——

为什么我总感觉到：你……

是啊，为了什么？

为了什么？

为了什么？

1931

戒　指

一位女士的戒指，你在我的手上闪闪发光，
你带来了她的问候，来自远方？
有魔力的戒指，我只要转动一次，
你的主人就出现在大厅，站在我的面前。

有魔力的戒指，我日日夜夜都把你戴在手上，
我们一起细听每一声徐缓悠长的钟声。
我曾经阅读、经历、看到和忍受的一切，
你现在也一起阅读、经历、见证。

屋外，冰雹肆虐，狂风呼啸，
我耗尽最后的力气大口呼吸，
我感觉到你只是一块有棱有角的石头，
你却让我感到平静，感到安全。

但是，我曾经把你退回去过一次。

然后呢？一次婚姻？一次金色的幸福？

你在这里，我从未失去过你。

你的红色发光更深，你的金色愈加闪亮。

1932

我把一切献给了你

我把一切献给了你
我、我的心灵、时间和钱财。
你是一个男人，你是我的生命，
你是我的小小的黑社会。
我找到了我的幸福，
有时候我看着你的脸：
我认识你这么久，
但是，你从来不温柔。

你很会亲吻。以某些方式
你向我展示什么是享受。
你喜欢听流言蜚语。你轻声告诉我，
我什么时候必须补涂口红。
你甚至在别的女人面前
也能保持良好的平衡。
有时候甚至可以信任你……

但是，你从来不温柔。

哦，但愿你很温柔！
为了我
你甚至可以情意绵绵。
像一场暖暖的春雨
如此柔情闯入我的心田！
你若是我们俩中温柔的那一个，
你就是傻瓜。男孩带刺。
因为谁爱得更多，谁就必须忍受更多的痛苦。
不，你从来不温柔。

1932

今天，在昨天和明天之间

像昨天和明天一样

完美地融为一体！

这儿有一把椅子，那儿也有一把椅子

我们总是在两者之间！

　　　三月天的可爱的紫罗兰

　　　　　不复存在。

　　　真正的无产者的国家

　　　　　尚未出现。

现在还不是时候。

　　　因为我们生活在……

　　　　因为我们生活在

　　　　　一个过渡时期！

在过去的学期里

咿哑学会了 ABC，

博爱——自由 ①

这是在昨天吗？

  固定的信条？

   不复存在。

  飘扬的红旗？

   尚未出现。

现在还不是时候。

  因为我们生活在……

   因为我们生活在

    一个过渡时期！

所有的人

都想回答你的问题。

你必须承受没有保障的生活。

  十字架和叮当作响的荣誉

   不复存在。

  解放的人类

   尚未出现。

现在还不是时候。

  因为我们生活在……

---

① 原文为法语，Fraternité——Literté。

因为我们生活在

一个过渡时期！

1932

爱之歌

啊，高出三个八度
滑音是我们的欲望。
让我再睡一会
靠着你的胸口。

远处，早晨轻轻地走来，
没有鸡鸣，没有犬吠。
但是你必须八点钟
去上班。

让床垫吱吱作响！
房东睡在后面。
你的眼睛凝视！
你的呼吸嘘嘘！

早晨围着你的额头

编织了一个苍白的花环。

你安心地静卧其中

完全就是一个圣人，一个处女。

1932

日　历

虽然已经开始了一段时间，
缺少了几页，几乎过去了十二分之一年，
这几个星期，我们有什么好在乎的，
谁一直在关心过去的事情。
是姑娘们，但不是合适的那一个
还有夜……
那些愚蠢、无聊、黑暗的夜。

喂！迈开年轻的双腿
在我们火热的现实中翩翩起舞吧！
金发女郎，我们是头脑清醒的：
一个傻瓜，一个还要受到道德女士愚弄的傻瓜。
现在到来的是白天
——大胆跳进来的——
幸福、快乐、可爱的白天！

1932

我们在世界的心脏

在我的腰间
种满你的爱的亲吻。
看啊：我的呼喊
像一把火炬燃烧成世界大火。

让星辰黯淡无光，化为乌有，
让地球在灰烬中腐烂，
我们在世界的心脏
像地狱一样永远燃烧。

1932

转　变

你吐口水，咬嘴唇，生闷气
皱额，扬眉……
我要为你解开鞋带，
你却压根就不愿看我一眼。
平时你是那么可爱，一个温柔的小宝贝，
但是现在成了敌人……
一切都是因为一句话：
你并不是第一个。

这不是羞辱。这个世界上，
的确有很多很多男人。
也有很多爱情游戏
（这大概也是每个女孩都喜欢的）
什么都没有破碎。一切都一如既往，
我们都知道爱情的 ABC，
一位年轻的小姐……也是一束微光……

你并不是第一个。

我也不想这样。
为金发女郎陶醉，
想忘记自己是谁。
沉醉于一个白皙的乳房，
就对所有的爱情清单不屑一顾。
我是爱你的。你不要恼怒，
你这个干瘪的女巫，令人着迷的仙女，
不要再噘嘴，不要再怄气：
相信吧，
我们是第一对。

1932

冷漠之歌

一个妓女站在街灯下

晚上八点半。

她望着天上的月亮和星星……

那里会有什么？

　　　　她在等候顾客，

　　　　她在等候男人，

　　　　如果她找到了一个，

　　　　戏就开场了。

是的，您认为这会让她惊喜吗？

她用手袋摇了摇——用手袋。

　　　　用手袋，

　　　　用手袋……

否则用什么呢。

跟这位女士走的有大学生，

也有牙医施密特先生。

出版社编辑，基督教牧师，

她也带走了所有人。

　　　　这一个是想得到安静，

　　　　另一个则想痛打她一顿。

　　　　她准点站在

　　　　拐角处，八点半。

她用唾沫粘上丝袜的一针抽丝……

她用手袋摇了摇——用手袋，

　　　　用手袋，

　　　　用手袋……

否则用什么呢。

旗帜飘扬

许多队伍穿过大街。

他们唱着各种歌曲

高亢激昂。

　　　　他们伴随着音乐在走，

　　　　她就这样看着一切。

　　　　因为政治……

　　　　她毕竟知道：男人是男人。

她说："哎，别来打搅我……"

她用手袋摇了摇——用手袋……

用手袋，

用手袋……

她做出招揽嫖客的动作。

这种冷漠，

这种冷漠……

人们终于能够理解了。

1932

父母亲大人

如果老师是和平主义者
他会讲战争中的真相到底如何：
将军们是对战争感兴趣的人，
无所谓谁输，无所谓谁赢……
那么——应该认为——父母们会为他们的孩子高
兴吗？
是的！

然后，响起父母们的大声尖叫：
"把这个家伙赶出去！这是在放毒！
我们的孩子应该学习战争是多么美好！
我们已经等待着何时开始一场新的战争……
为此我们会无偿提供一个孩子，而且自付邮费！
是的！"

父母们的热情非常巨大。

母亲们说：出于爱，去从军。

父亲们，这些战壕的供应商，

心想：这些男孩为什么应该

比我们这些人更好呢？

　　不是吗？

制造一个孩子并不是很昂贵。

但是要稍微提高一些营业税——

　　然后父母亲大人们发出尖叫，震得瓦从屋顶掉下来。

　　与孩子分开很容易。

　　但是与金钱分开很困难。

　　孩子肚子上中了弹？这不会让他们感到疼痛。

　　然而，他们的金钱——这些父母亲大人全心全意爱的是它。

　　是的！

怜悯这些为了石油，为了旗帜，为了金钱

阵亡的牺牲者吗？

父母亲大人们想要的就是这样。

　　　　　　　　　　　　　　　　　1932

欧洲

莱茵河畔生长着美味的葡萄，

但是不允许进入英国，

　　购买英国货！①

维也纳有美味的各式蛋糕，

在瑞典却根本买不到，

　　购买瑞典货！②

意大利的橘子全都腐烂了，

请让德国的农业赚钱！

　　德国人，请购买德国的柠檬！

在每一个平方公里的空间

有一个人在做他的民族梦，

风轻轻地穿过树林飒飒作响……

　　空间是泡沫。

————————

① 原文为英语：Buy British！

② 原文为瑞典语：Köp svenska varor！

那就是欧洲。它看起来是什么样？

就像一座五颜六色的疯人院。

各国卖力工作创纪录：

　　出口！出口！

其他国家！其他国家应该购买！

其他国家应该喝葡萄酒！

其他国家应该租船！

其他国家应该烧煤！

我们呢？

　　海关，边境口岸，进口许可证：

我们不放任何东西进来。

我们不。我们有一个理想：

我们节食。但是要严格强调民族意识。

任何角落都有国旗和国歌。

欧洲呢？欧洲应该去死吧！

如果一切都走向破产：

只有国家要保留下来！

不再需要人。

英国！波兰！意大利必须生存！

国家把我们吃光了。一个幽灵。一个概念。

国家是一个吹哨子的机构。

这个机构高耸入云直达星际——

教会也能向它学到一些东西。

每个人都应该买。没有人有能力买。

民族的焚烧异教徒的柴堆已经冒烟。

民族的祭火熊熊燃烧：

生活的意义就是税收！

天堂是我们的破产受托人！

新时代跳着中世纪的舞。

国家是第八件圣事 ①。

上帝保佑欧洲。

1932

---

① 天主教认为圣事有七件：圣洗、坚振、圣体、告解、终傅、神品、
婚配。

一个阶梯 [1]

译后记

库尔特·图霍尔斯基这个名字对我国读者几乎是陌生的。这位在生活年代、作品样式和创作风格上与鲁迅十分接近的德国著名作家，在德国有很高的知名度，他的作品一直是德国中学教材里的必读书，很多诗句在德国民众中间耳熟能详。

1990年，适逢图霍尔斯基百年诞辰。德国许多地方举行了纪念活动，包括纪念晚会、作品朗读、生平和创作展览、学术讨论会等。1月至3月在慕尼黑文化中心举办的图霍尔斯基生平和创作展，吸引了近八万名参观者，这在同类展览中是不多见的。5月，德国文学馆以"图霍尔斯基和他的同时代的人"为题，在马尔巴赫举办了规模很大的展览，重点展出了图霍尔斯基资料馆的珍贵收藏，展览目录厚达736页。柏林是图霍尔斯基出生和长期工作的地方，图霍尔斯基协会协同柏林艺术科学院、柏林德意志剧院、柏林文学之家等文学团体，于1月6日至10日在柏

林举行了图霍尔斯基学术讨论会，并在作家诞辰日
（1月9日）组织了大型的纪念晚会。10月4日至6
日，图霍尔斯基协会在路德维希堡召开年会，并且组
织与会者参观了正在马尔巴赫举办的展览和图霍尔斯
基资料馆。其他国家一些地方也举办了纪念图霍尔斯
基的活动，例如瑞士苏黎世举办的"图霍尔斯基与苏
黎世"的展览（4月）；美国田纳西召开的图霍尔斯
基学术讨论会（11月）；比利时布鲁塞尔召开的题为
"图霍尔斯基与欧洲"的研讨会。

　　歌德学院北京分院也在北京举办了纪念图霍尔斯
基的活动，其中有1月15日的图霍尔斯基晚会，柏
林自由大学的格哈德·鲍尔教授作了长篇主题报告，
介绍和论述了图霍尔斯基的生平和创作，北京人民艺
术剧院演员濮存昕和歌德学院的德国教师分别用汉语
和德语朗诵了图霍尔斯基的散文和诗歌。德国驻华使
馆、歌德学院北京分院、北京部分大专院校及文学研
究机构的近百位人士出席了晚会。

　　1990年4月，笔者有幸作为图霍尔斯基基金
会的客人赴德访问考察，主要目的是选编一本图霍
尔斯基作品集在中国出版。此前中国还从未出版过
他的作品，只有两三篇散文译成中文，刊登在杂志
上。临行之前，我当时任职的中国社会科学院外国文

学研究所的名誉所长冯至先生赠送给我一本德文版的《图霍尔斯基书信集》，并在扉页上题词："赠给研究图霍尔斯基的蔡鸿君同志。"我当时任职的《世界文学》杂志主编高莽先生欣然接受了笔者"为作家造像"（高莽语）的请求，采用传统的中国国画技法，画了一幅图霍尔斯基的水墨肖像，并钤盖上了一枚"肝胆照人"的印章。冯至先生为这幅肖像画题了词："'没有战斗的日子，那不是好日子。/你敢于战斗。/人人都感到的，没有人能说的，/你给说出来。'图霍尔斯基纪念《世界论坛》主编雅各布松一诗中有此诗句，这也是作者的自白。现译成中文，作为题词，以纪念这位战斗者的百年诞辰。"这幅画后来由笔者赠送给图霍尔斯基基金会主席、德国著名文学评论家拉达茨先生，他又转交图霍尔斯基资料馆保存。1990 年 10 月初，图霍尔斯基协会在路德维希堡召开年会，这幅图霍尔斯基肖像悬挂在会场醒目的地方。

为了搜集有关图霍尔斯基的资料，笔者曾在德国马尔巴赫（Marbach）的图霍尔斯基资料馆工作了一段时间。马尔巴赫位于奈卡河的左岸，历史悠久，风景秀丽，尤以德国伟大的诗人和剧作家席勒的诞生地而闻名于世。修缮一新的席勒故居吸引着无数慕名而来的各国游人，而席勒博物馆和德国文学馆则是全世界德语文学研究者向往的地方。图霍尔斯基资料馆隶属于德国文学馆，是图霍尔斯基夫人玛丽·格罗德-图霍尔斯基于 1945 年在自己的住地罗塔赫-埃格恩（Rottach-Egern）创建的。1978 年，年逾古稀的图霍尔斯基夫人把大部分资料赠送给了德国文学馆。现在，图霍尔斯基资料馆收藏着许多关于图霍尔斯基的珍贵文物，如手稿、书信、图片、不同时代的各种版本、图霍尔斯基作品的外文版本，等等。经管理人员允许，笔者复制了一些文字和图片，其中有一组库尔特·斯查弗兰斯基为小说《莱茵斯贝格——恋人的画册》绘制的插图，选自图霍尔斯基夫人珍藏的为纪念小说发行第十万册特印的版本。这个版本 1931 年由柏林辛格尔出版社出版，莱比锡雷格尔印刷所印刷，因为数量有限，如今在普通的图书馆已经很难找到。北京发行的《世界文学》杂志 1991 年第 1 期在《外国文学名著插图选登》专栏里发表了这组插图，并且配上了关于作家、小说《莱茵斯贝格——恋人的画册》、第十万册版本以及插图作者的文字介绍。

1990 年夏天，笔者来到两德统一之后重新被确定为德国首都的柏林。在德国朋友 Nelly Rau-Häring

女士的热心引导下，找到了图霍尔斯基一百年前出生的地方：吕贝克大街13号。这座位于柏林市中心的四层建筑，能够在第二次世界大战后期幸免于盟军的飞机轰炸，堪称奇迹。1960年，为了纪念图霍尔斯基诞辰七十周年，柏林市的有关部门在这座建筑大门的右侧墙上镶嵌了一块纪念牌。

1996年夏天，笔者有机会来到瑞典的玛丽弗雷德。这座小镇位于斯德哥尔摩西部约40公里的地方，濒临梅拉伦湖。它依然像作家小说《格里普斯霍尔姆城堡》中描写得那样安谧、恬静、幽雅。始建于14世纪的格里普斯霍尔姆城堡三面环水，红墙灰顶倒映在水中，煞是雄伟壮丽。难怪作家在书中写道："我不知道这座城堡属于哪一种风格，我只知道，要是我为自己建造一座城堡，那就要建造这样的。"因为小说的广泛流传，格里普斯霍尔姆城堡在德国甚至比在瑞典更加有名，它几乎成为德国游客在瑞典的必游之地。漫步在玛丽弗雷德，周围不时地可以听见熟悉的德语。路边竖立的示意图上把图霍尔斯基的墓地也作为一个景点特意标明。穿过以漆成红色的木房子为主的居民区，笔者顺利地找到了位于小镇东北角的玛丽弗雷德公墓。图霍尔斯基的墓正对着公墓的大门，长方形的墓碑平卧在地上，四个角上各有一个硕大的铜环，墓碑上除了图霍尔斯基的姓名和生卒年代之外，镌刻着两行德文："一切暂时的东西／只不过是一个比喻。"这两句诗引自德国伟大诗人歌德的名著《浮士德》，图霍尔斯基的朋友在第二次世界大战之后将其镌刻在他的墓碑上作为墓志铭。其实，图霍尔斯基在1923年曾经为自己拟好的"墓志铭"是"这里安息着一颗金子般的心和一张铁牙利齿的嘴——晚安。"墓碑的后面耸立着一棵树干粗壮、枝叶茂盛的参天橡树，1929年，当图霍尔斯基移居瑞典时，他曾写道："一棵橡树遮蔽着我；如果它知道我是谁，它一定不会这么做，但是，这是一棵瑞典的橡树。"笔者恭敬地在图霍尔斯基的墓前献上了一束鲜花，心中默默地告慰长眠于此的作家：他的第一个中文译本《向情人坦白——图霍尔斯基幽默散文集》1997年由安徽文艺出版社出版，因此，图霍尔斯基的名字在中国不再陌生。

让我感到遗憾甚至困惑不解的是：《向情人坦白——图霍尔斯基幽默散文集》至今仍然是唯一的一本图霍尔斯基中文版图书。承蒙上海九久读书人何家炜先生的厚爱，笔者有机会选编翻译了这本诗集。其实，笔者并不擅长翻译诗歌，难免在译作中失去了很多原著中的韵味。真心期待德语翻译界的同道，尤其是年轻一代，能将图霍尔斯基更多的作品呈现给中国读者。

2020 年 4 月于德国小城尼德多费尔登